ルパン三世　小説版

辻 真先

［原作］モンキー・パンチ

双葉文庫

目次

ルパン三世　小説版

つつしんでルパンからのご挨拶

おれ、ルパン。
本籍・現住所・生年月日・預金先・不動産、みんな秘密。
身長・体重・胸囲・血液型、きみたちのご想像にまかせるさ。
教えてもいいのは、
職業・盗賊
納税額・ゼロ
賞罰・ナシ
の三行くらいかな。要するにおれは、すこぶる出来のいい泥棒でね。ついぞ警察につかまったことがない。
なに、おれが監房にほうりこまれた話を読んだって。そりゃあんた、おれの道楽のひとっつだよ。商売はたしかに泥棒だが、おれはありとあらゆる犯罪行為をやってのけるのが趣味なんでね。ところが脱獄ってやつは、牢屋に入らないかぎり出来ないじゃないの。でもって、ほんの冗談に刑務所を出入りしたまでだ。

いっちゃ悪いが、おれの眼中に警察なし。はは……銭形のとっつあんが聞いたら、眼を三角にして怒るだろうね。大きな声じゃいえないけれど、とっつあん今、おれがこの原稿書いてる部屋のとなりでごそごそ家探ししてる最中だよ。

しっ。

耳をすましてみな。

ほれ……聞こえるだろう。とっつあんの排気ガスみたいな声が。あのぶんじゃ、かなり頭へ血がのぼってるぜ。

「いないはずはない！　峰不二子の密告なんだ！　あの女は信用出来んが、密告の内容は信用出来る！」

あんなこといってやがる。

やれやれ、また彼女の裏切りかい。ひと足お先に次元が嗅ぎつけたからいいようなものの、あやうくパジャマも着ずにベッドから逃げ出すところだった。

あ？　なんかいったか。

ルパンはいつも裸で寝てるのか、だと。

とんでもない。おれはご承知のとおり身だしなみのいい男だ。ゆうべだって、ちゃんと着るものを着てベッドに入ったさ。
もっとも、次元にたたき起こされたとき、どういうわけかおれはピンクのネグリジェを着こんでいた。暗かったので間違えたんだろうよ、たぶん。
「この時間なら、次元も五右ェ門もいると聞いたぞ」
ちぇ、とっつあんしぶとく、まだ怒鳴ってら。
「邸にしかけがあるにちがいない。かまわん、壁をぶちぬけ。柱をぶった切れ。床をひっぺがせ。ブルドーザーを呼べ。戦車でふみつぶせ。ミサイルを連れて来い」
どうでもいいけど、ものすごいことをいい出したね。とっつあん、警察の予算一年ぶんを、ひとりで使いきるつもりらしい。この税金泥棒め。
め
め
め
め
!
こいつはいけねえ。
次元、五右ェ門。銭形は本気だぞ。

見ろ、壁をぶんなぐるもんだから、字がふるえちまって、書けけけけけない！

「この壁が厚すぎる。あやしいぞ。ルパンも次元も五右ェ門も、モンキー・パンチが描くキャラクターは、おおむねスリムときまっとる。壁のあいだを中空にしとけば、やつらなら楽々通れるだろう」

むむ、とっつあん出来るじゃないの。

残念ながら読者諸君ンンンンン、ゆっくりおれの自慢話を読んでもらおうと思ったが、身辺すこぶるヤバババババ……くなってきたたきたた。畜生ーっ、ヒステリーのなまずじゃあるまいし、そうがたがたゆするない！

やむなくあとのお話は、辻とかいう野郎に書かせることにして、おれたちゃ失礼させてもらうぜ。

え、袋の鼠《ねずみ》にされて、逃げる算段《さんだん》はあるのかだって。あーっはっはっはっ、ひーっひっひっひい、笑わせないでくれよ、きみ。

ルパンの辞書に不可能の文字はない。

「だいたいお前、字引なんて一冊も持っちゃいねえくせに」

ばかばか、次元。よけいなことをいうな。それでなくても、テレビの「ルパン三世」は、ＰＴなんとかてえオジさん、オバさんから、勉強の妨げになる悪い番組というお墨つきもらっているんだぞ。

この際イメージアップして、ルパンは勉強家だとみとめさせる必要があるんだだだだだ……ダダダダダ！

まるでマシンガンの音じゃねえか。あらあら、壁にひびが入り出した。本格的破壊工事だぜ。ぐずぐずしてはいられねえ。次元！

「おいよ」

五右ェ門！

「ここにいる」

不二子！　おっといけねえ、裏切ったあいつがいるはずは――

「はーい」

なんだ。どういうわけでここにいるんだ？

「あらん。だって私、ルパンの魅力に参ってるんだもの」

参ってくれるのはけっこうですよ。むしろ当然と思いますがね、それならなぜ、おれのアジトを密告したんだ！

「うふふ。ルパン、ゆうべ私が頼んだでしょう。

『ルパン帝国へ連れてって』

『それはだめだ。秘密』

『でも、いつかはそこへ帰るんでしょ』

『まあね……たとえばこのアジトが、見つかったら』

だから、警察に見つけさせてあげたの」

とんでもねえ女だ！

「ねえ。いっしょに行きましょう。ルパン帝国」

ぶるるる、おれにとっちゃ切札のあそこを、おいそれと教えるわけにゆくもんか。

「ルパン、いそげ。そろそろ壁が崩れるぞ」

忘れてた！

みんな、めいめいのカプセルへ飛びこめ。おれも飛びこむ。

こうやって、気密カプセルの蓋をしめちまえば、外界でなにがおころうと平気の平左。耐《たい》熱《ねつ》耐《たい》震《しん》耐《たい》圧《あつ》のカメラとマイクがそなえつけてあるから、中でのんびり寝そべっていても、十分外の様子が観察出来る。

おっ、壁が崩れた。

銭形のとっつあんがあらわれた。

「ルパン出て来い」

怒鳴ってやがら……あの得意そうな顔。

「どこへも逃げられんぞ。神妙《しんみょう》にしろ」

いいたかないけど、古いセリフだな。ヴェリ・スペシャル・ワン・パタンだね。

「警部」

「なんだ！」

「妙な匂いがします」

とっつあんの部下は、イヌ年らしい。

「匂い？」

くんくんやったが、わからない。

「あいにくおれは、蓄膿症《ちくのうしょう》で、風邪をひいてる。どんな匂いだ」

「はあ、玉ネギのくさったような……プロパンガスみたいな匂いです」

「そうか。プロパンみたいか……どこから流れ出しているのかな」

ライターを出して、カチリと火をつけたからたまらない。

ぼぼぼん!!!


まっ黒焦げになったとっつあんが、わめいた。

「みたいな、ではない。プロパンそのものだ!」

その声を尻目に、ガス爆発の風圧で、おれたちを収容したカプセルは地下のトンネルを矢のようにふっ飛んでゆく。

「ゴールはどこ、ルパン」

後ろにつづくカプセルから、不二子の声が聞こえた。

「丘の麓《ふもと》にあったろう、教会の墓地……あの下に通じてるんだ」

今は、夜。

墓地からぬけ出すおれたちを、見咎める者は梟《ふくろう》だけしかいないはずだ。

それにしても、いくら脱出孔が墓地だからって、このカプセルのデザインは悪趣味だぜ!

第1話　ルパン死すべし

1

「白乾児《パイカル》というんだ、そいつは」

ルパンの前に、どかりと座った次元がいった。

「名は聞いたことがある……暗黒街の魔術師らしいな」

「魔術師どころか、悪魔だ奴は」

そういう本人だって、拳銃をあつかわせたら魔法使いみたいな腕前なのに、珍しく相手を賛美するような口ぶりである。

「ほう。そんなに凄いのか」

ルパンはうれしそうに笑った。

「なにがおかしい?」

「実はその白乾児に、挑戦状をもらったのさ」

「挑戦状だって。いったいどういうわけだ。くわしく話を聞こうじゃないか」

次元は、クッションのきいたソファに体を埋めた。

小粋《こいき》なフランス窓の外は、あふれんばかりの陽の光だ。雑木林の枝が、クリンカータイルのテラスをまだらに染めて、なんという名か、背に赤い筋の通った小型の野鳥が、愛嬌《あいきょう》たっぷりのポーズで散歩していた。

「わけもくそもない。あちらじゃおれの存在そのものが、気に入らねえんだとよ」

もちろん、ちょっとしたきっかけはある……対立の口火をつけたのは、例によって峰不二子だ。

「ひょんなことから、彼女はあるメモを手に入れた。ところがそのメモは、白乾児が秘密にしていた資料だった……白乾児を裏切った部下が、こっそり持ち出したんだな」

「待て」

次元が話をさえぎった。

「メモの内容は？　聞いたのか、ルパン……不二子に」

「いいや、まだだ」

ルパンは首をふった。

「そうお先走りするなよ。……当然白乾児は、不二子に返却を求めた。すると彼女はこういった。

『ルパンと戦ってごらんなさい。ルパンより強いとわかったら、私はあなたの命令に従うわ』

早速おれのところへ、挑戦状が送られてきた。まあそんなわけさ」

「ふうむ」

次元は腕を組んだ。

「感心せんな」

「なにが」

「不二子の口車に乗せられて、なんの恨みもないのに、あんたと白乾児が戦うことさ」

「おれもさっきまでそう思っていたんだが、魔術師だの悪魔だの、キャッチフレーズを聞くうちに、だんだんと興味が湧いてきたのさ、この勝負に」

「よした方がいい」

次元は、頑固に首をふった。そのたびに、三角にとがった顎《あご》ひげがゆれる。

「不二子に話して、おとなしく白乾児にメモを返させることだな」

「なるほどね」

ルパンは、にやりと笑った。

「それがいいたくて、のこのこおれの家まで押しかけてきたのか」

「え?」

きょとんとなった次元に、たたみかけるように、

「ひげが取れそうだぜ」

「!」

反射的に顎《あご》をおさえようとして――次元大介、いやにせ次元は、げらげらと笑い出し

た。

「さすがだな、ルパン」

にせ者の手が、つるりと顔をなでると、あとに白面の美青年の顔が残った。二枚目には違いないが、頬がこけ、唇が妙に赤いので、病み上がりのように見える。

「白乾児……だね」

「そのとおり。どうしてにせ者とわかった。参考までに聞いておきたい」

「いたって簡単なことだ。あんたの変装は完璧だった。にもかかわらず、重大なミスがあった」

「というと？」

「きのうからこの邸に、次元が来ていたのを知らなかったこと！」

白乾児の背後で、ドアが一気にあけはなたれた。ほんものの次元大介が、ほんものの顎ひげを生やして、廊下に立っている。

「なるほど、なるほど」

白乾児はうなずいた。

「こいつは、私の運が悪かったようだ」

ソファから静かに立ち上がる——同時にルパンも立ち上がった。

「黙って帰るつもりか、白乾児」

「私の用は終わったんでね。きみは私の挑戦を受ける覚悟だ……ただし、不二子が入手したメモの内容は、ご存じない。これで十分だよ、ルパン」

「そっちは十分でも、こっちはそうはゆかねえんだ」

ルパンは、白乾児の鼻先に指を突き出した。

「これが警察なら、家宅侵入、詐欺未遂とくらあ」

「もうひとつ」

「なに？」

「放火罪も適用してもらうよ」

「？」

ルパンの腕に交叉して、白乾児の指がルパンの目の前にのびた——と思うと、なんと！　その指頭から、確実に三十センチ以上の長さの炎が、噴出したのである。

「ぎええ」

「ルパン！」

おどろいて駈けよろうとした次元の手をかいくぐり、白乾児は、廊下へ飛び出した。左に折れるとすぐ、吹きぬけのある玄関ホールだ。

だが白乾児は、玄関から逃げることが出来なかった。どっしりした樫《かし》の扉が外からひらかれて、あとに斬鉄剣をひっさげた、着流しの石川五右ェ門が、うっそりと立ちはだかっていたのである。

「曲者」

ひくいが、空気を氷結させるようにするどい一喝。

背を向けようにも、後ろから次元とルパンが追ってきている。ルパンの顔は煤《すす》だらけ、服はボロボロだ。

とっさに白乾児は、二階へのぼる階段に飛びついた。のぼりつめた正面の部屋の窓をぐいと押しあける。

「待て！」

ダッシュをかけたルパンが、白乾児に飛びつく寸前、相手は窓框《まどかまち》からジャンプして、庭木の枝に立っている。

「身軽な奴だ……だがそこまでさ」

ルパンは歯をむき出した。真っ黒な顔に歯ならびだけ白い。

木は一本だけ、独立して立っていた。雑木林まで、とうてい跳躍出来る距離ではなかった。

それなのに、白乾児は平然とこちらを向いて笑ってみせた。

「ルパン。あんたは忘れたのか？　私が魔術師であることを」

「魔術師だろうが悪魔だろうが、この一発でおしまいよ」

ほとんど狙いもつけず、次元が愛銃の引金《トリッガー》をひいた。

にぶい銃声。

たとえ次元でなくても、的を外しようのない近距離である。あわれ白乾児は、小石のごとく庭へ転落した——といいたいが、かれは枝に両足を踏んばったまま、にやにやと笑っている。

「へたくそ」

ルパンが叫んだ。

「おれが撃つ」

「ば、ばかな……おれの弾丸は、ちゃんと当たってるんだ」

「じゃあなぜ落ちねえ」

いい争いながら、ルパンと次元は、競争で白乾児を撃った。それでも相手は、笑いを消さない。

「エネルギーの無駄使いだ」

と、白乾児はうそぶいた。

「魔術師のおれに、銃弾が通用するものか！」

「どうなってんの、コレ」

目をこすったが、白乾児は依然として樹上で小ゆるぎもしない。

あきれ顔で視線を移したルパンが、笑みを浮かべた。

「おおい、五右ェ門！　こっちだ」

手入れのゆきとどいた芝を踏んで、五右ェ門がゆっくりと、白乾児の木の下へ近づいたのだ。

「ざまあ見ろ」

ルパンはあざ笑った。

「斬鉄剣のひとふりで、その木はスッパリ、お前はドスン」

「ふふふ」

それでも白乾児は、自信たっぷりだ。

「そううまくゆくかな」

そして、かれは悠々と歩き出した。

どこを？

空中を！

「あっ」

「わっ」

「おお！」

ルパン、次元、五右ェ門、錚々《そうそう》たる腕ききの男三人が、この奇蹟に目をむいた。

奇蹟――まさしく悪魔の奇蹟に違いない。

宙を踏んで雑木林の梢《こずえ》に辿《たど》りついた白乾児は、口をあけっぱなしのルパンに向かって、手をふってみせた。

「今度会うときは、どちらかが死ぬときだ。忘れるなルパン！」

2

ちゃらっと、不二子の掌《てのひら》の中で、ルームキイが鳴る。

「ご苦労さま」

形のいい唇から、すきとおるように白い歯がこぼれると、ホテルのクラークは、まるで放射能の洗礼を浴びたように、カウンターの中でしゃっちょこばった。

「はっ。いえ。どうぞ、ごゆっくり！」

自分でも舌のもつれるのがわかるほどだ。

商売がら、美女に会うのは慣れているはずなのに、この客ばかりは特別カスタムデラックス仕様の、美人である。

（いったい、どんな身分の人だろう）

あこがれをこめて、クラークは、不二子の後ろ姿を見送る。百パーセント完全なプロポーション。ミューズの神がヒステリーをおこしそうな美しさだ。

ホテル東京ヨルトンは、世界的なホテルチェーンである。それも、機能性オンリイのビジネスホテルじゃない。床に敷き詰められた絨氈《じゅうたん》は中国の天津段通《てんしんだんつう》、シャンデリアの鉛クリスタルはイギリスのスチューベングラス、食器の銀製品はデンマークのジョージ・ジェンセン。これでは客筋も各国の最高クラスがつめかけるわけだ。

総客室数千六百室、地上十五階地下三階のL字型建築である。プール、サウナ、アスレティック・ジム、ショッピングアーケード完備で、レストランは十二、バーが五つ、館内にひしめいている。

ヒールが埋まりそうにぶあつい力ーペットを踏んで、不二子は自分の部屋の前に立ち、
なぜか、

(あ……)

というように顔をくもらせた。

きい。

重々しいドアが軽々とひらいて、彼女は一歩部屋へふみこむ。

ここは十一階のロイヤル・スウィートルームだから、ただベッドがころがっているだけというような、殺風景な客室ではない。コンパクトなキッチンセットには、最新型の

電磁調理器までそなえられ、その奥にレバーひとつでベッドとなる大型ソファつきリビングスペース、さらにその向こうにキングサイズのベッドが二台、でんと置かれているという、豪華な部屋だ。

不二子は、視線を走らせた。

だが、ベッドにもソファにも、それらしい人影はなかった。

（クロゼットの中かしら）

ベッドルームの横にいくつも並んだ衣裳戸棚がある。不二子はそこへ向かおうとしたが、その必要はなかった。

「おれを探してるの？」

背後で声が聞こえた。いうまでもない、ルパンだ。

「ドアのそばで待ってたのね」

不二子はくるりとふりかえった。

「私がドアをあける、そのかげにかくれる……古い手だけど、さすがに素早かったわ」

「そういうあんたもさすがだぜ」

ルパンはにやにや笑いながら、うしろ手でドアをロックした。これでもう不二子は、袋のねずみである。

「おれが潜りこんでいることを、どうやって気づいた」

「簡単よ……部屋を出るとき、ドアと柱のあいだに、髪の毛を一本貼っておいたの。今見たら、その髪の毛が切れてたわ」

「なるほどね。こいつも古い手だな」

「ルパン。なぜ私の部屋へ？」

不二子の口調がきびしくなった。

「あなたは、白乾児と決闘する約束でしょう」

「その前に、いただきたいものがあったのさ」

ルパンの言葉に、不二子はぎょっとしたようだ。

「なんですって」

「あんたが、あの魔術師からくすねたメモだよ」

「おあいにくさま」

彼女は笑った。

「いくらルパンでも、かくし場所がわかるもんですか」

「そう思うかい」

と、ルパンも負けずに笑った。

「そいつあ、おれを少しばかり見くびったセリフじゃねえのかい」

「ルパン……まさか！」

「そのまさかだよ」

ルパンは余裕たっぷりだ。

「ちゃんと見つけて、頂戴しちまった」

「うそ」

「と思うなら、おれの帰ったあとで調べてみるこったな」

だがルパンが、悠然としていたのはそこまでだ。

「うわわわ……白乾児！」

強敵、暗黒街の魔術師があらわれた！

どこから？

またしても――空中から！

あけはなたれたベッドルームの窓外に、白乾児の体が浮かんでいた。

L字型の一方の棟から、空中浮揚《ふよう》の技をこころみつつ、近づいてきたのだ……白乾児は。

「ルパン、来たか」

白乾児はかわいた声でいった。音もなく床へ降り立つと、ゆっくり窓を閉じ、カーテンをひく。糸のようにほそく伝わっていた町のノイズが、鋏《はさみ》で切ったみたいに聞こえなくなった。

「ここがきさまの死に場所だ……世界最高のホテルヨルトン、そのロイヤル・スウィートルームなら、舞台として不足あるまい」

「そ、そうか、わかったぞ」

ルパンは怒鳴った。

「きさま、最初からおれが不二子をおそうと見当をつけて、待ち伏せしていたんだな！」

「そうよ」

と、不二子が代わって答える。

「だから、髪の毛が切られていたことを、ついさっき白乾児に知らせたの……私が部屋に入ったのはそのあとだわ」

「ホテルヨルトンの建築は、完全防音と評判が高い……ひとつそいつを、ためそうじゃないか」

細い指がルパンを指《さ》した。

「ぎえっ」

逃げる間もなく、噴出する炎がルパンの服を燃え上がらせた。

「もうひとつ、完全耐火だそうだ……安心して戦えるというものだよ」

「あちち、ちちち」

ルパンはそれどころじゃない。

ころげ回り、テーブルへかけ上がり、狂乱状態に見せかけて、ベッドに飛び降りる。ぽーんとひとつ大きくはずんで、ルパンは白乾児に飛びかかった。

「にゃろっ、つかまえたぞ」

羽交《はが》い締《じ》めして、凱歌《がいか》を上げた。むろん懐《ふところ》の愛銃ワルサーP38に、ものをいわせるのは簡単だけれど、魔術師に弾丸が通用しないのは、先日の遭遇戦で証明ずみだ。

「なるほど、一流ホテルのベッドは高級だねえ……おかげであんたをつかまえることが出来た」

ウッシッシと、かっこよく笑ってきめたつもりだったが、あとがいけない。

「うわっ？」

なにがどうなったのか、一瞬事情がのみこめなかった。たしかに背後から、相手の腕までつかんでいたというのに、白乾児がすいと体をちぢめたと思うと、手品のようにかれは前方へ飛び出したのである。

魔術師が手品を使うことに、いちいちびっくりしていては、体がもたない。

手に残った上衣と――もうひとつ、「腕」を見て、ルパンはうなった。

「やりやがったな」

ビニール製の腕は、上衣の袖にぬいつけられていた。白乾児は、その腕を、手袋のようにぬぎ、上衣をかなぐり捨てて、ルパンの抱擁を避けたのだ。

女を抱きすくめて逃げられることはたびたびあったが、男を抱いてこうあっさりと、ふられたおぼえはない。

だいたい、この上衣つき手袋は亡き江戸川乱歩が怪人二十面相に使わせたトリックじゃないか。

「盗作だ」

ルパンが怒鳴ったが、白乾児はせせら笑うだけだった。

「そういうきみも、泥棒だろう」

右手の指が上がると、炎がたしかに一メートルはのびた。

ルパンは手も足も出ない、どすんと背を壁にぶち当てると、微笑を浮かべていた裸女がしなだれかかった。むろん、この決闘の舞台に本物のヌードがいるわけはない。壁にかけてあった裸女の絵が落ちたのだ。

「あっ」

なぜかは知らず、不二子が小さな声を発した。

「なに?」

ふりかえる白乾児。

その千分の一秒の隙が、生と死の分れ目だ。ルパンはだっと床を蹴り、窓のひとつに飛びついた。

宙に浮くルパン。

かれもまた、白乾児を真似て、空中浮揚術を会得《えとく》したのか……さすがはルパン！　と、ほめてやりたいが、現実はそんなに甘くない。こんなこともあろうかと、不二子の部屋へ忍びこむ前に、あらかじめ屋上からロープを垂らしておいたのだ。

もののはずみか、ヌードの絵を小脇に抱えたまま飛びついてしまったので、身軽なルパンも、するするとロープをのぼることが出来ない。

「おいち、二、おいち、二」

露店で売ってる木のぼりサルのおもちゃみたいに、空中で悪戦苦闘しているルパンを見て、白乾児は苦笑した。

「あまりかっこいい最期とはいえんようだな」

ぼっ、と指頭が長い炎を噴いた。

ロープはルパンの目の前で、あっさり焼き切れた。

魔術師ではない悲しさ、一代の怪盗も石ころのように落ちてゆく。その落ち際に、白乾児を見て、にやりと笑ったルパン？

「しまった！」

庭を見下ろした白乾児は、歯がみした。

「プールがある」

ひょうたん型のガーデンプールに、青い水がきらめいていた。ルパンめ、ロープが切れても死なないように、わざとプールの真上へ垂らしておいたのだ。

「ぬけめのない男だ」

白乾児はつぶやいた。今からエレベーターで追いかけても、間に合うまい。

「まあ、いい。二度あることは三度ある……つぎに会ったときが、ルパンの死だ」

実をいえば、白乾児はあきらめなくてよかったのである。

真上から見たプールには、満々と水が張ってあった……だが、シーズンの終わったプールは、清掃にそなえて、せいぜい膝のあたりまでしか水が入っていなかった。

ごきーん。

頭にこぶをこしらえたルパンは、無人のプールでだらしなく気絶していたのだから。

3

それがどこであるのか、だれも知らない。

強いていうなら、ルパンだけだ……知っているのは。驚いたことに作者さえ知らない。だから、あたりの描写をするわけにゆかず、抜群の文章表現力を誇る作者としては、まことに残念に思っている。

それとは——いうまでもあるまい、ルパン帝国！

広大な敷地には、ルパン帝国を支える研究所があり、武器工場があり、戦利品を陳列する美術館があり、体を鍛えるアスレティック・ジムがあり、スイスの銀行とオンラインで結ばれた、世界各国の自動紙幣《しへい》引出機がある——だろうと想像する。

今ルパンは、研究所にいた。小は肉眼で見えないほどの超重集積回路から、大は半径数キロにおよぶサイクロトロンまで、ことごとく盗品のみで設計稼動をつづけていた。

所長の川湯博士も、もちろん盗んできた科学者だが、アルキメデスの例をひくまでもなく、大学者は世事にうとい。ありあまる予算と、超近代的設備と、解決困難なテーマさえ与えておけば、猛然とファイトを燃やして、研究に取り組んでくれるのだ。

「約束は今日のはずだよ、博士」

ルパンはテーブルをたたいたが、世界的大学者は、哲学的思索的な目を、ちらと相手に走らせただけで、さめきった番茶をさもうまそうにすすっている。

「お茶をにごそうたって、そうはゆかない」

ルパンが声をはり上げた。

「ついでにいっとくけど、これシャレのつもり」

「なるほど」

無表情の博士にいらだって、ルパンはますます声のボルテージを上げた。

白乾児の魔法の謎をとく期限が今日だ。おれの与えたテーマを一件解決するたび、博士の給料を一割ふやす。しくじるたび、一割へらす！」

「では、今月からふやしていただこう」

　言下に、博士の指から炎がほとばしった。

「るるいろ、はかへ！」

　ルパンは怒鳴った。

「ずるいぞ、博士」

　といったつもりだけれど、炎をあびてまっ黒になったルパンの、舌が回らなくなったのだ。ひょっとしたら、ルパンの舌はレアのステーキになったのかもしれない。

「原理はきわめて簡単」

　と、川湯博士はうそぶいた。

「一種の火炎放射器じゃな……だが白乾児が巧妙じゃったのは、耐熱極小口径のプラスチックチューブを指の腹に這わせて、見た目をカムフラージュしとる点じゃろう」

「こいつはいい」

　ルパンはよろこんだ。

「おれにもワンセット、つくってくれ……タバコを吸うのに、ライターがいらん」

「一割のギャラ増しは、承知じゃろうな」

「承知、承知」

気前がいいのは、ルパンの美点である。

「ところでもうひとつ、宿題があったはずだぜ」

「ふむ」

博士は顔をしかめた。

「空中遊歩の一件かね」

不機嫌に、背後で手を組みながら立ち上がった。そのあとをルパンが追う。

「逃げるところを見ると、まだ出来上がってないな」

「……」

白衣の科学者はバルコニーに通ずるフランス窓を押しあけた。

「一割ギャラ増しは、日のべしよう」

すぐ図に乗るのは、ルパンの欠点である。

「その代わり、空中遊歩術が完成したら、両方あわせて三十パーセントアップ。これなら十分、物価上昇に対抗出来るぜ」

「では早速そうしていただく」

川湯博士がふりかえった。

「なに」

「ごらんのとおり、空中遊歩にも成功しておるのでな」

「ひっ⁉」

足もとに視線をおとしたルパンが、絶叫した。

いつの間にやら博士とルパンは、バルコニーから外へ出て、なにもない空間を歩いていたのである！

なにもない――？

いや、あった。

尻餅をつきそうになったルパンの手が、硬質な平面にふれたのだ。

「強化ガラス！」

「さよう」

博士はにんまりした。

「象の体重をも支える力がある。しかも光線の透過率《とうかりつ》はきわめて高い。いいかえれば、完璧にすきとおっておる。さらに可撓性《かとうせい》に富んでおってな。いいかえると自由に曲げることが出来る。……いかが、これでわしは、宿題を残らずすませたつもりじゃぞ。いいかえれば、サラリーを」

「いいかえなくても、けっこうだ」

ルパンがうなった。

「気前のいいルパンで有名なおれなんだ！」

4

「連絡がついたぜ」

ルパンの巣のひとつへ、次元がふらりとあらわれた。

郊外のしゃれた住宅だ。ざっと見回しても、５ＬＤＫはあるだろう。リビングルームにはしゃれたデザインの家具が置いてある。スウェーデンから輸入した、パイプをひん曲げて智恵の輪みたいにこさえ上げた椅子に、ルパンと五右ェ門が座っていた。

テラスごしに見える芝生の庭へ、次元は立った。

「峰不二子の住んでる場所がわかったのか」

「いいや」

次元は、例によって筆の穂先みたいな顎ひげをゆすった。

「彼女の方で、おれを探し当てたんだ」

「ほう」

ルパンは笑った。

「……そんなこったと思ったぜ。なにね、彼女には、おれを探さにゃならん事情があるのさ。で、不二子は今どこにいる」

「ここよ」

しげみが、がさと動いた。

ブローニングを手に、あらわれた峰不二子は、べつの手に次元の愛銃、S&Wコンバット・マグナムをつかんでいる。

「不意をうたれてね……武装解除されちまった」

と、次元が苦笑した。

「ちょっと不二子を見くびったようだ」

「そのとおりだわ」

不二子の指は、ブローニングの引金《トリッガー》にかかっていた。いくら白魚のようにすんなりした指でも、醬油《しょうゆ》につけて踊り食いするわけにゆかない。そんなことをすれば、次元は間違いなく背を撃ちぬかれる。それはまあ我慢するとして、おしゃれな次元のことだ、仕立て上がったばかりのスーツに、焼け焦げをつくりたくはないだろう。

「かれを助けたかったら、白状することね」

「なにをだい」

ルパンがとぼけた。

「あなたが私の部屋から盗んだもの……絵よ」

絵というのは、ホテルの壁にかかっていたヌード画に違いない。あれならたしか、ルパンと運命をともにして、プールへ落下したはずだ。

そんなものに、不二子がなぜこだわるのか、ピンと来ない読者がいたら、いっちゃなんだがかなりカンがにぶっている。

あのときルパンはこういった。不二子が白乾児からくすねたメモを、

「ちゃんと見つけて頂戴しちまった」

と。

その瞬間、不二子の視線が

壁の絵に走ったのを、待ちかまえていたルパンは、見逃さなかった。

（なるほど……絵の裏にメモを入れたのか）

へそくりとしてはごく平凡なかくし場所だが、秘密のメモとしては——やっぱり平凡な場所だ。

（不二子ともあろう者が）

そう思ったルパンだが、ものは試し、絵をかかえたままダイビングをやらかしたところ、果たして彼女が絵を奪い返しに来たのである。

「さあ、ルパン。早くして」

「いいのか不二子」

ルパンは立とうともせず、にやにや笑っている。

「あんたにしちゃ、注意力散漫だね」

「えっ」

不二子はぎくりとした。

なんのことだろう……そうだ、ルパン・次元のあるところ、影のようにいるはずの五右ェ門の姿がない！

（しまった）

身をひるがえそうとしたが、おそかった。

きーん！

オクタープの高い金属音を発して、不二子の手からブローニングが舞い上がった。背後にしのびよった五右ェ門が、斬鉄剣をほとばしらせたのだ。

「きゃあ」

不二子が、かわいい悲鳴を上げた。真下から、刀の峰で銃を薙《な》ぎ上げるはずみに、セーターの両胸を、ふたつの船窓みたいに切り取られてしまったのだ。並のバストなら触れるはずもないのだが、幸か（男にとって）不幸か（彼女にとって）、不二子が造化の神特注のグラマーだったのが原因である。

黒のセーターの左右に、ぽっかり浮んだ肌色の月をおさえて、彼女はその場へしゃがみこんでしまった。

「ご苦労さん」

ルパンのねぎらいをうけて、五右ェ門はにんまりともせずにいった。

「次元の歩き方が妙だったから、気がついたよ……ふだんの次元は、マグナムを懐《ふところ》に入れている。そいつを取り上げられたんで、バランスが狂って見えたのさ」

芝生に落ちたマグナムを拾いながら、次元がぼやいた。

「やれやれ。囮役《おとりやく》もラクじゃねえ」

「囮？」

不二子が顔を上げて、

「じゃあ私に、わざとつかまったというの」

「あんたのガイド役というわけだ」

「あきれたものね」

もぞもぞと立ち上がりながら、不二子はいった。

「私ときたら、ひとつもいいとこないじゃない……次元さんの誘いに乗って、のこのこあなたの邸へ来て、五右ェ門さんに斬りつけられて」

むき出しになった不二子の、おへそが魅力的だった。書き忘れたが、彼女は立ち上がる前にセーターをたくし上げて、胸にあいたブラックホールをかくしていた。その代わり、物理的必然として、寸詰まりになったセーターの裾から、おへそがぴょっこり飛び出したのだ。

そのおへそより魅力的な笑みをたたえて、不二子はいった。

「でも、よく考えるとルパン……あなたがそんな小細工をしてまで、私をここへ案内したというのは、絵の秘密がわからなかったためらしいわね」

「図星！」

ルパンが、ぱあんと手を打った。

「実はそうなんだ……あんたの視線を追いかけて、白乾児のメモは絵にかくされていると、見当をつけたまではよかったが、額をばらしても、絵にレントゲンをかけても、それらしいものが見つからないんでね」

「不二子、吐け」

次元がドスのきいた声で迫った。

「いわねば、たたっ斬る」

五右ェ門の言葉は、斬鉄剣より凄愴《せいそう》にひびく。

「ふふふ」

不二子が笑った。

「なにがおかしいんだよ……このふたりは、やるといったら、間違いなくやるぜ」

ゆきがかり上、ルパンもせいぜい凄んでみせた。

「私を撃ったり、斬ったり出来るもんですか」

と、不二子はあくまでほがらかだ。もっとも、笑いすぎてセーターが落ちかかったから、あわてておさえて、

「そんなことをすれば、白乾児の秘密はさぐれない。秘密をつかまなきゃ、今度会ったとき、ルパン……あなたはうけあい白乾児に殺される！　……ね、そうでしょう」

不二子は、胸を張った。

「だったら素直に、教えてほしいとたのめばいいのよ。私の前へ、手を突いて……とてもおれは、白乾児にかなわない。どうか、助けると思って、奴のメモのありかを教えてくれ」

「……」

ぶるると、ルパンの拳《こぶし》がふるえた。

「そしたら私は、あなたの命の恩人になるわけだわ。義理と人情に厚いルパンですもの、私の命令ならなんだって従うようになるでしょうね。

『ルパン、十カラットのダイヤ、七十四個盗ってきて頂戴』

『はいっ』

『ルパン、私の部屋のシャンデリアを、ヴェルサイユ宮殿のと取り替えて来て』

『はいっ』

『ルパン、このトイレットペーパーを、ウタマロの浮世絵と交換して』

『はいっ』

『ルパン、肩をもんで』

『はいっ』

「ばばば……」

ルパンが怒鳴った。あまり腹を立てたので、唇がふるえて思うように声が出ないほどである。

「ば、かをいうな！」

やっとセンテンスが完結した。

「だれが、お前なんかに助けてもらうもんか！　おれが白乾児に負けるだと。冗談も休み休みいってくれ」

からからと笑おうとしたが、あいにく頬がひきつった。

「ことわっとくが、最後に勝つのはおれだぜ……帰って、白乾児にそういいな」

「あら」

不二子は目をぱちぱちした。

「出てっても、いいの」

「いいとも」

「おい、ルパン」

「ルパン！」

次元と五右ェ門が、あわてて止めようとしたときはおそい。

「文句いうな」

ルパンは、ふたりの仲間をにらみ返した。

「不二子をぶじに帰すんだ……そうすりゃきっと、白乾児に連絡する。おれのねぐらを知って、奴は挑戦に来る」

「だからその前に白乾児のメモをさぐれば」

「弱点がつかめるだろうといったのは、ルパンあんただ」

「うるさいぞ」

ルパンは、拳でソファの肱《ひじ》かけをたたいた。男やもめ三人の世帯だから、掃除がゆき届いていないのは、当然だ。もうもうと上がる埃《ほこり》の中で、ルパンは咳こみながらいった。

「おれもルパン三世だ。魔術師なぞに負けてたまるか！　いいから不二子を帰してやれ！」

5

「ふーむ」

ルパンはうなった。

かれの正面の壁には、例の絵がかかっている。なんの変哲もないヌードである。膝をちょいと曲げ、左手でおへその下をおさえ、右手を肩に上げた色っぽいポーズを、ルパンはさっきから、三十分もにらんでいた。

「いつまで待っても、その左手はどかしちゃくれないよ」

ルパンの後ろで、次元が、くわえたペルメルをゆすりながらいった。

「黙っててくれ」

ルパンは中っ腹だ。

「いったいどこにかくしてあるんだ、メモは……うーむ」

「これで二十八回目だぞ、うなるのは」

「なんべんうなろうと、おれの勝手！」

「いっそ、この絵をきざんでみるかね」

と、五右ェ門も口をはさむ。

「見たところ、あまり名をきかん画家が描いているようだが」

絵の左隅に、みみずの這《は》ったようなサインがのたくっていた。おそろしく長いが、ところどころ、Sだの0だのローマ字が読み取れるから、サインに違いあるまい。

「絵の厚みは測ってある……あいだにメモを挟んだとも思えんのだ。うーむ」

「二十九回目」

「あぶっても、薬品をかけても、なにも出てこない。レーザーを当てれば立体映像が浮かぶかと思ったが、それも違った。うーむ」

「三十回目」

「あのホテルは最高級だ、部屋を飾るインテリアにも、ふんだんに金をかけている……無名の画家なんて使うものか……その点でも、こいつがあやしいと直感したんだが……」

三十一回目のうなり声を上げようとして、ルパンははっと息をのんだ。それから、腹をかかえて笑い出した。

「そうか！　おれはなんて間抜けなんだ。わかったぞ、白乾児のメモのありかが！」

6

山々は、アル中になったみたいに赤く染まっていた。といっても紅葉は、中腹だけのことだ。青空に錐《きり》を突き刺すような形の主峰の頂上近くは、ゆうべ降ったばかりの雪で白髪染めになっている。だが、二千以上の高度差がある山麓では、ブナもカエデもナナカマドも、まだ緑の色をたもっていた。いわゆる秋の三段染め。

その山腹をまいてつけられたドライブウェーを、一台のスポーツ・カーが走ってゆく。アンティックで格調高いシルエットは、メルセデス・ベンツSSKであった。と書けば、読者にはおわかりだろう。ハンドルを取っているのは、むろんルパン三世だ。読者にわかるくらいだもの、俊敏な魔術師白乾児が気づかぬ道理がない。

「来た」

ルパンが、ちらと頭上を見た。

パラパラパラという双発独特のプロペラ音を立てて、一台のヘリが舞い降りてくる。リンクスの名で英仏両国が共同開発した多用途ヘリコプターだ。自動飛行装置、自動ホバリング装置をそなえた新型である。二百キロを超すスピードで、リンクスは、悠々とメルセデス・ベンツを捕捉《ほそく》した。

「どっこい」

カーブを切って、トンネルへ潜りこむ。トンネル内は幸い直線コースだ。大馬力のエンジンにものをいわせて、一気にかけぬけるかと思うと——。

なぜかルパンは、オレンジ色の明かりの下でブレーキをかけた。トンネルにかくれて、敵をやりすごすつもりだろうか。ルパンに似合わぬ、消極的なやり口だが。

実際にメルセデス・ベンツがトンネルの出口にあらわれるまで、長い時間がかかった。空にはもうヘリの音も姿もない。

ブロローッ。

それを見すまして加速した瞬間、リヤシートになに者かの飛び降りる衝撃があった。

「白乾児……だな?」

ミラーも見ずに、ルパンがいう。

「そうだ」

白面の青年が、ゆったりと腰を下ろした。

「ヘリで先回りして、トンネルの上で待ち伏せしていたんだな。さすがだ」

「きみにほめられると、心が痛むよ」

白乾児は、にこりともせず答えた。

「これから死んでもらう相手に、ほめられるのは辛い」

「背中から撃つつもりか」

「とんでもない……そんな卑怯な真似をしたって、なんのメリットもあるまいよ。正々堂々と戦って勝つことの出来る私が」

「それを聞いて安心した。このへんは魔の七曲りだからね。当分運転に専念したい」

「いいとも。ホモでもないのに、男と心中する趣味はないいんだ」

白乾児は上衣の下からトカレフTTを取り出して、ハンケチで丹念にみがきはじめた。ワルサーP38よりひと回り小さいのは、これがブローニングやコルトをルーツとして、はじめてソビエトで製造された軍用自動拳銃だからだ。中国で51式とよばれるのも、おなじピストルである。

車はしばらく急カーブをくり返したのち、雑木林のかげに入って静かに停車した。

「ここからエンマの滝まで歩いて十分だ」

ルパンに促されて、白乾児も車を降りた。

エンマの滝。

それが、ふたりのあいだで交わされた、約束の決闘場である。

銃を懐にした白乾児は、ルパンと肩をならべて、歩きにくい杣道《そまみち》を、リズミカルに歩いてゆく。

チチ、チチと、梢を小鳥が渡っていた。

白乾児はのんびり空を仰いだ。

「いい天気でよかったな」

「そうかね」

「きみもルパン三世を名乗る男だ。その死体に容赦《ようしゃ》なく雨が降りかかるなんて、みじめったらしくていけない」

「だが、雨が降れば、あんたの胸からあふれる血を、きれいに洗い流してくれたろうにな」

　ぶっそうな話をやり取りしながら、白乾児もルパンも、笑顔のままだ。だが、ふたりの目は笑っていない。白乾児の目は、うす氷が張っている

ようにさえ見えた。

散らすのが惜しいほどの紅葉をくぐって、岩角をいくつか曲がると、行手にどうどうと水音が聞こえてきた。

「あれが、エンマの滝か」

白乾児がズボンのチャックへ手をかけながら、立ち止まった。

「どうしたい」

「自然が呼んでいる」

かれにしては、珍しく歯を見せた。

「先へ行ってくれ」

「よし」

滝つぼに向かって歩きながら、ルパンはおかしくなった。

（白乾児のやつ、えらそうなことをいっても、ほんとはビビっているんだな）

水音はさらにはげしくなり、あたりは初冬のような冷気に包まれてきた。

目の前に滝を見上げて立つと、足もとを雪どけ水のような清流が走る。うっかり、そのへんの岩に立とうものなら、水垢で足を取られそうだ。

（用心しなくちゃ）

ルパンが足場を検討しているところへ、白乾児が小走りに来た。

（お待たせ）

とでもいうようにひょいと手をふると、もうその手にトカレフがにぎられている。

「やるか」

ルパンもあわててワルサーを取り出したが、

「？」

白乾児が銃をつかんでいたのは、左手だと気づいたのだ。

「お……」

ルパンは、目をまるくした。

白乾児が、滝つぼから空へ向かって、歩きはじめたのである。

だが、川湯博士のおかげで空中遊歩のトリックを知ったルパンは、それ以上驚かない。

「そうか。強力ガラスの階段を持ちこんでいたんだな」

それなら、やつのあとを追えば、おれだって空へのぼれるぞとばかり、ルパンがかけよろうとした。

この反応は、白乾児にとっても意外であったに相違ない。狼狽《ろうばい》したように、ふり向いたかれは右手を上げた。指の先から、数メートルもの炎が走った。

白乾児式火炎放射器の威力は、だが、どうしたことかルパンの眼前二十センチの空間で、なにものかにさえぎられて、八方へ炎を散らせたにすぎない。

「あっ」

はじめて白乾児の唇から、かん高い驚愕《きょうがく》の叫びが上がった。

「ははは……あんたの好きな強化ガラスには、耐熱防炎の性能もあったんでね」

すでにルパンの体も、空中にある。

かれはしゃべりながら、左手を顔の前でひらひらさせた。目に見えないが、あきらかにルパンは、強化ガラスの板を手に持っていた……それが、白乾児の炎を防ぐ、強力な楯《たて》となったのだ。

「火遊びなら、おれにも出来るぜ。ほらよ！」

ルパンの指が、炎を吐いた。さすがに今度は悲鳴を上げなかったが、炎に追われて白乾児は、どんどんガラスの階段をかけのぼってゆく。

「くそぉ、いつの間にこんな長い階段を用意したんだ……エンマの滝は、はじめてみたいなことをいいやがって、油断も隙《すき》もありゃしない」

ぶつくさいいいいい、白乾児を追ったルパンの足の下が、ふいに空気だけになった。

「わっ⁉」

落下する一瞬、ルパンは白乾児を見た——たしかにガラスの床は終わっているのに、なおも空中にとどまる白乾児！

だが、その姿勢は不自然だった。右手でなにかにぶら下がっている感じ……いったいそれはなんだろう。

（ガラスのロープ！）

ルパンが思い当たったのは、滝つぼに墜落して、いやというほど頭を岩にぶつけた瞬間である。

白乾児は、魔術師というより軽業師《かるわざし》だった。ターザンだった。透明なガラス繊維《せんい》を編んだロープで、梢から梢へ跳躍しながら、滝つぼのルパンめがけて、トカレフを撃った。

八連発の弾丸の、少なくとも五発までが、ルパンの体へ命中した。にもかかわらず、ルパンは平然として立ち上がった。

「残念だったな……おれはあんたのメモを読んだよ」

大木の枝に立った白乾児の顔が、蒼《あお》ざめた。

「不二子のやつがメモをどこへかくしたのか、そいつを突き止めるのに苦労した。だがあんたは知ってるかい。世界地図の地名で、いちばん探しにくいのはどこかって。それは、アジアさ。あるいはアメリカ。ヨーロッパ。アフリカさ。あんまり大きな字で書いてあるんで、かえって気がつかなくなるんだよな……おなじように、不二子がメモをかくしたのは、だれでも目につく場所なんだ。絵に、必ず入っている画家のサイン……そいつが、あんたの秘密だった。不二子は、あんたのメモを破り捨て、内容をサインに似せて記入していたんだよ。なにしろ秘密というのは、化学方程式だったからね」

白乾児はますます蒼白《そうはく》になっていった。

「それがあんたの切り札、見えない鎧の成分だとわかったときには、ころげ回ってよろこんだぜ……ありゃ一種の液化プラスチックなんだな。そいつを体にぬっておくと、弾丸も刀もはねかえす。ただし、効果はごくみじかい。三十分もすれば酸化して、消滅しちまうんだ。ところで」

ルパンがにこりとした。

「あんたが体にぬったのは、いつだ。少なくとも、おれの車に乗るより前だろう……そのあとは、せいぜいションベンのために、おれから離れたくらいだ。ヘリの中でぬったとすると、ぼつぼつ鎧の効果が消えるころだね。おっと！　そういうおれは、いつぬったかというのかい。トンネルさ……あんた、おれが中々出てこないんで、出口でじりじりしていたろう。あのあいだ、おれはじっくり見えない鎧をぬりつけていたんだ。さあ、魔術師さんよ。覚悟をきめてもらいたいな。それともまだ、とっときの手があるのかね？」

透明な階段に立ちはだかって、滝の音に負けまいと、ルパンはひと思いにしゃべりまくった。その手に、鈍い光をはなつワルサーP38。ダブルアクションの大口径銃、第二次大戦でナチスドイツを支えたカールワルサー社の傑作である。

銃口の前で、白乾児はまったく無防備だった。

ルパンは、ひと足、階段をのぼった。

たっぷりと、威嚇《いかく》をこめた演技のつもりだったのに――どういうつもりか、このどたんばで、白乾児はにっと顔をほころばせたのだ！

絶体絶命と悟って凄まじい形相《ぎょうそう》でわめくのなら当然だが、白乾児の笑いは謎だった。それこそ、ルパンは、頭から水をぶっかけられたような気分になった。

「くそっ」

反射的に、引金にかかった指に力がこもる。

水音を圧して、銃声がとどろいた。

目と鼻の先にある標的を、ルパンの愛銃が外すはずはない。

白乾児の胸に、バラの蕾《つぼみ》があらわれた。真紅のバラはみるみる大きな花びらをひらく。それでも白乾児の笑いは消えなかった……。

まるで少女のように愛らしい表情を浮かべたまま、体がゆっくりと横転した。

ガラスのステップをふみ外したかれは、真一文字に滝つぼへ墜落していった。

「……」

ワルサーP38の硝煙がおさまっても、ルパンはまだぼんやり空中に立っている。

(なんか、ヘンだぜ)

手品にかかったような気がする。

まさか！

まさか、まさか。

暗黒街の魔術師は、まぎれもなくこの手で仕留めたのだ。胸にしぶいた血は、断じて赤インクでも、トマトジュースでもなかったぞ。

とはいうものの、

(たしかめよう)

不安にかられて、ルパンが足早に階段を降りかけたとき、頭上にヘリの爆音が近づいた。かなり急速な接近である。

（あぶねえ！）

本能的に危険を予知したルパンは、一足飛びに河原へジャンプして、大木のかげに入った。

それと同時に、滝つぼへなにかが撃ちこまれた。

「なにかじゃない、ナパームだ！」

ルパンが悲鳴を上げた。

ごうッ！

川も滝つぼも、一瞬のうちに炎と化した。

「あちちち、ちちち」

ヘリには白乾児の仲間が乗っていたのだろう。魔術師の死を悼んで、エンマの滝ごと盛大な火葬にしようと図ったのだ。

「ちぇ、これじゃほんとうに死んだかどうか、たしかめるひまもねえ」

ルパンはぼやいたが、考えてみればこの火の海を生きられる人間があろうはずはないから、白乾児の死は――ルパンの勝利は、確定したというべきだろう。

「それにしても、これが勝ったという恰好かよ」

命からがら、杣道をかけ上がるルパンの姿は、まるで人間の黒焼きだ。

「不二子のやつ、えらい目に会わせてくれたもんだ……この次会ったら、あのぷりんぷ

りんした尻に、おれの手のあとをつけてやる」

ぶつくさいいながら、メルセデスのそばへ近づくと、その不二子の声がした。

「いやあよ、そんなの」

「えっ」

運転席から、ひょいと姿を見せたのは彼女である。

「せっかく迎えに来てあげたのに……もう乗せてあげない」

「お、おいおい！」

ドアに手をかけようとすると、メルセデス・ベンツがすーっと走り出した。いつの間にエンジンキィをせしめられたものか。ルパンは、あわてて追いかけた。

幸い車を走らせたのは、ただのおどかしとみえ、不二子は二、三十メートル行ったところで停まって、こちらを見ている。

「やれやれ、待ってくれたのか」

息せききるルパンを、不二子はおもしろそうに見た。

「今からそんなに走ったら、あとが大変だわ」

「なんだって」

「私の代わりに、ルパンのお迎え役を呼んでおいたの」

いやな予感がした。

「そいつはだれだ！」

「おれだっ」

　と、背後の怒声。

「銭形のとっつあんか……」

　予感は的中した。銭形警部の覆面パトカーが、木立のあいだにひそんでいたのだ。

「ルパン、不二子、神妙にしろ」

　トレンチコートの幅広い肩が、しげみをゆすってあらわれた。

「あら、やだ。この場所を教えてあげた私まで逮捕するの」

「当然だろう……自動車泥棒の現行犯だからな」

「いいわ、それじゃあもうひとつ、器物損壊罪《きぶつそんかいざい》も適用させてあげる」

　ブローニングが赤い火を吐いたと思うと、パトカーのタイヤが、前輪後輪仲よくひとつずつ撃ちぬかれた。

「あっ、こら！」

　コラといっても追っつかない。青空にはじける不二子の笑声を残して、メルセデスはスタートした。

「待て不二子！」

　と、ルパンが追う。

いうまでもなくそのあとを、
「待てルパン！」
と、銭形が追う。
風が舞う、枯葉が散る。
ナナカマドの赤い葉が、追いつ追われつする人間どもを、からかうように落ちてきた。
ルパンは頭に、銭形は肩に、紅葉を乗せたまま、えっさえっさと走りまくる。
青い空と白い峯、赤い林と緑のふもと、秋は今たけなわであった。

第2話　サスペンス・ゾーン

1

読者はご存じであろうか……都内某所に、飯田山双葉寺という寺があるのを。

いや、知らなければよいのだ。

知らなければ、あなたの身に危険がふりかかることもない。

忠告しておこう。

飯田山双葉寺、その名をたった今忘れたまえ。

……

……

私は忘れろといったはずだぞ。

それなのに、なんだその目は。その顔は。口をひらかなくても、わかっている。読者のあなたは、寺の正体が知りたいのだろう。

なんだって作者の私が、そんなモノモノしい前ぶれで、寺の名を持ち出したのか。あなたは、好奇心でハチ切れそうになっている。

止めろ。

よせ。

あきらめた方がいい。

その好奇心が、あなたの命取りになる場合さえ、あるんだぞ。

あえて私は、書くまいと心を決めたのだ。私の決意をゆるがすような態度を、取らないでほしい。

わかりましたか。

……わかったら、もうこの先は読まないことだ。私も、ペンを捨てる。

では。

しつこい人だな、あなたも！

私が書かないと宣言しているのに、勝手にどんどんページを繰るなんて。

あなたは、ひとの言葉を信じないのかね。なんという嘆かわしい風潮だ。昔はこうじゃなかった。

もうよろしい。それほど双葉寺にまつわる話が読みたければ、読みなさい。その代わり、以後一切、読者の命は保証せんぞ！

2

「へえー。命を保証しない、なんて」

肩ごしに、間のびした声が聞こえた。

「先生、そりゃなんです。新手の脅迫状ですかい」

「出来うべくんば、小説と呼んでほしかったが」

先生といわれた人物は、回転椅子を軋《きし》ませて静かに男をふり返った。

男は、縛り上げ猿轡《さるぐつわ》をかませた娘を、肩にかついでいる。そんな獲物なぞなくても、にごった眼、むき出した乱杭歯《らんぐいば》、げじげじの眉毛を見れば、こいつが絵に描いたような悪党であることは、赤ん坊にだってわかる。

そこへゆくと、先生はさっぱり正体がわからない。長髪にメタルフレームのサングラスをかけ、ざっくりした風合いのジャケットを着こんでいる。悪党のボスというより、芸術家の風貌があった。

いや、現にかれが机に向かって書いていたのは小説らしいのだ。

「だって、飯田山双葉寺といいや、この寺じゃありませんか」

男はいいながら、かび臭いたたみの上へ、娘をほうり出した。俎板《まないた》にのせられた人魚のように、彼女は体をくねらせた。胸にも足にもロープが食いこんでいるが、見事なプロポーションだ。

先生は、そんな娘に見向きもしない。たたみの部屋へ、そこだけ絨毯《じゅうたん》を敷かせた書斉コーナーに席を占めて、男に答えた。

「そうだ、ここだ。われわれは無人の荒れ寺を根拠地にしたのだ」

ペンを捨てて、ぬうと立つ。

「そして私は、比類ない人間管理能力と、抜群の企画推進能力によって、諸氏の上に君臨した」

「へ、へえ」

なんの話かのみこめないが、ただごとではない空気を感じ取ったとみえ、男は尻ごみした。

「その際私は、諸氏に申し上げたはずだ。よろこんで私は、諸氏小悪党の指揮を執ろう、ただし条件がある……いかなる場合も、私のプライバシーを侵害せんでいただきたい、と」

「へえ」

「なぜなら、私が念願とするのは作家になること……そのため私は、一日五十枚の原稿を、ノルマとして自己に課しておる。意志強固な私にあって、はじめて可能ならしむる修行である。その尊い鍛錬のひとときを、下賤な諸氏に奪われたくない」

「……」

男は、ぶるぶるとふるえ出した。

先生の目が、月光を反射するように冷たく光りはじめたのだ。

色っぽいマグロみたいに床に横たわっていた娘が、もがくのを止めて、ふしぎそうにふたりを見比べた。

「芸術の使徒としての陶酔は破られた。ああ、ふたたび還らざる黄金のときよ！　土足をもって汝を蹂躙《じゅうりん》し去った心なき輩の罪は、万死に値する」

ちんぷんかんぷんながら、

「死刑！」

といわれたことだけはわかったと見える。この小説の原作者はモンキー・パンチであって、山上たつひこではないから、「死刑！」といわれて笑ってはいられない。

男は叫んだ。

「かんべんしてくれ、先生！」

「私は寛大な人間だ……きみを許してもかまわない」

「ありがてえ」

「だがミューズの神は、きみを許し給わぬであろう」

「ひーっ」

「三十秒だけ、時間を与える……どこへでも消えたまえ！」

「……」

へえ、と答える暇も惜しかったらしい。男は無言ですっ飛んでいった。

先生はゆっくりと、ポケットから小型のトランシーバーを取り出して、スイッチを入れた。

「司令N……ナンバー9を始末せよ」

同時に、ぼぼんという腹の底を揺るような爆音がとどろいて、しばらくすると白煙がうっすらと庭から流れてきた。

「また部下がひとり、減った……」

先生は、感傷的な口調でつぶやいた。

「この煙は、弔いの香華《こうげ》だよ」

張り裂けんばかりに目を見ひらいた娘の前にしゃがんで、

「竹下陽子さん」

と名を呼ぶ。どこかで見た顔だと思ったら、今一番の売れっ子女優である。

「私の芸術至上主義がのみこめたことと思う」

「……」

口のきけないタレントは、必死に首をふってみせた。

「よろしい。そこで、私は貴女に協力を求める……なぜ貴女を誘拐したか。それは貴女をモデルとして、一篇のホラー……すなわち、芸術の香気高い怪奇小説を執筆するためなのだ。来たまえ」

先生は、陽子の足を縛った縄をとき、腕をつかんで立たせた。

「こっちだ」

ふたりが歩くと、廃寺の床板がぎいぎい軋み、夜目にも白い埃《ほこり》がもわっと立ちのぼる。

回廊へ出た先生に、雑草のジャングルみたいな庭で張り番していた男たちが、いっせいに黙礼を送る。

雲を割った月の光が、荒涼《こうりょう》たる風景に異次元の妖しさを与えていた。

「入りなさい」
背を突かれて、竹下陽子は、寺の本堂とおぼしい広い空間へころがりこんだ。
（あ……）
彼女は、目を見張った。
ご本尊は影も形もない代わり、高い天井からいく本も鎖《くさり》やロープがぶら下がってい
る。風がふきこんだとみえ、鎖がひとしきりちゃらちゃらと鳴り、妙にどす黒いロープ
がたよりなく揺れた。
「これは、血だ」
と、先生が解説した。
「この綱に吊るされて、女が死んでいる。ほら、交番の前に貼ってあるだろう……家出
人の手配書が。あのうちのなん人かは、ここで死んだ」
先生の目に、又しても凶暴な光が宿ったようだ。
「殺し方にもさまざまな方法がある。
首をしめる。
凶器で突く。
または、斬る。
切り刻む。

凶器の種類も、無数にある。

匕首《あいくち》。

日本刀。

サーベル。

メス。

出刃庖丁。

刺身庖丁。

ナイフ。

千枚通し。

錐《きり》。

ドライバー。

その気になれば、箸でもフォークでも凶器にすることが出来る。子どもたちに小刀《こがたな》を使わせず、電気鉛筆削り器を普及させたのは、あるいは子どもの反乱をおそれる大人の陰謀であったかも知れない。

なぐって殺す手段も、いろいろとある。

バット。

すりこぎ。

ハンマー。

石。

煉瓦《れんが》。

ブロック。

氷。

ドライアイス。

サンドバッグ。

これがまたその気になれば、電話器でも、ＳＬの模型でも殺すことは可能なのだ。世界は凶器でみちみちている。

自動車を走る凶器というが、トラック、列車、航空機、船、ことごとく意志さえあれば大量殺人の凶器に一変する……各国軍備においておや。

私をしていわしむれば、一般大衆は、火薬庫上でままごとをやっとるガキにすぎない。おもちゃの果物ナイフで指を切った子に、『そんなあぶない遊びは、止めましょうね』

と諭《さと》しているママも、おなじだ。

かくのごとく恐怖が炭酸ガスのごとく充満しておる世の中で、真の恐怖小説を書いて、読者を戦慄させせんとするはまことに至難の業である。

そこで私は」

言葉を切った先生は、グラマーな獲物をじろりと見た。

「完璧なリアリズムを以って、読者を魅了しようとした。そのために、きみというモデルが必要だったのだ。

私はあえてきみに、死の恐怖を強制する。

その白い皮膚を、五センチおきに刻む。

きみにもっともふさわしい首吊り縄をえらんでやる。

お望みとあれば、サソリをけしかけてもよろしい。

あるいは決して死体をひき上げられたためしのない、且つ美女の死にフィットする風光明媚な海辺を探してもいい。

なんならこの鎖で逆さ吊りして、飢え死にするまで放置しても、おもしろい……」

「いい加減にしなよ」

声が上がった。聞きおぼえのある声だ。先生は、本堂の奥——かつて如来像《にょらいぞう》のあったあたりを見て、目をむいた。

台座の上に、いつの間にかひとりの男が座りこんでいる。

「ルパンか！」

3

「そ。おれ、ルパン三世」

　スリムな体を、ムチのようにしなわせて、ルパンは身軽に先生の前に立った。

「お前みたいなやつが、物騒なことをぺらぺらしゃべるもんで、ＰＴＡのおじさんたちが『ルパン三世』をワースト番組に推薦するんだ。ちっとはつつしんでもらいたいね」

「ナンバー5。ナンバー7。どうした」

　先生は、あわただしくトランシーバーに叫んだが、なん

の答もない。

「ああ、庭をガードしていたおふたりさんなら、熟睡してるよ……みぞおちに、痣《あざ》をこさえてね」

「ナンバー9！　ナンバー9、来てくれ」

「ナンバー9？」

ルパンはくすくす笑い出した。

「血迷っちゃいけないよ、先生。そのコードネームの部下なら、さっきあんたが始末したばかりじゃないか」

いったとたんだ。

ルパンは脳天に雷が落ちたかと思った。だがそれは、雷よりもう少し形のあるもの……棍棒だった。

「ぎゃお」

でんぐり返りながら、ルパンは、背後に立ちはだかった男を見た。まぎれもなくそいつは、死んだはずのあの部下だった！

「ずるいや、こんなの」

手錠をかけられながら、ルパンはわめいた。

「さっきの処刑、あれはインチキだったのか」

「モデルの恐怖感をあおるための、演出にすぎん」

と、先生はうそぶいた。

「それともきみは、本当に私が、彼女を殺すとでも思ったのかね。馬鹿げている……私は芸術家であって、殺人者ではない」

暴力的な目を光らせているくせに、おそろしくまっとうなことをいう先生だ。

「じゃあ、竹下陽子は、あんたのホラー執筆が終わったら、無事に帰すつもりでいたのかい」

「そんなことはいっちゃいない……つぎは、ふたたび彼女をモデルにして、純愛小説を書く」

「ジュンアイ？　彼女の相手役はだれ」

「もちろん、私だ」

ぷっ、とルパンはふき出した。

「ポルノ小説みたいな面構えでないの」

「捕虜のわりに、大きなことをいう」

先生は、すこぶる機嫌を損じたらしい。

「自分の置かれた立場を、わきまえなさい」

「そういうお前さんこそ」

と、ルパンがやり返した。

「憚《はばか》りながら、おれだって竹下陽子のファンなんだぜ……その彼女に、誘拐の予告をされて、黙っていられるかい！」

「なるほど。そこでルパン三世が出馬したというわけか」

「そうだ！　近ごろ暗黒街であんたの名をちょいちょい聞く。綿密な計画、皮肉な手口、ルパンの向こうを張る芸術的大悪党だってな……男爵先生」

はじめて「先生」のフルネームが呼ばれた。いわれれば、男爵の名に位負けしないノーブルな容貌である。

そこへゆくと、失礼だがルパンは、庶民そのもののルックスなのだ。

「おほめにあずかって、恐縮」

先生は一揖《いちゆう》した。男爵先生の雰囲気に合わせてこう書いたのだが、無学な読者には意味不明の単語かもしれん。会釈——ちょいと頭を下げてみせたのだ。

「この際ツケ上がらんよう、釘を刺しておこうと思ってね。でまあ、呼ばれもしないのにやって来たのさ」

手錠をかけられているくせに、いばっているところが珍だ。

「するときみは、竹下陽子嬢を奪い返すつもりかね」

「当然だ！　といいたいが、その必要はないよ」

ルパンが、妙なことをいい出した。

「はじめから、彼女はさらわれちゃいない」

「なんだって」

「ホールドアップ」

出し抜けに、女の声がひびいた。

ソフトで張りのある声は、これがテレビならすぐにおわかりであろう、峰不二子だ。

厳重に縛られていた竹下陽子が、いつの間にか自由になっている。猿轡《さるぐつわ》を外した手にブローニングをにぎり、顔をひとなでするとと不二子になった。

「なるほど」

先生が首をふって感服した。

「あなたが峰不二子さんか。評判は聞いていたが、お目にかかるのははじめてだ……あなたなら、竹下嬢に変装する必要はまったくなかった。なぜなら、彼女以上に美しいからだ！」

「まるでヨイショ合戦ね」

と、クールな不二子はお世辞なんぞにびくともしない。

「いやいや。あなたは私の芸術的意欲を大いにそそる」

「ありがとう」

鼻であしらいながら、不二子は、男爵先生のトランシーバーを取り上げた。受信相手はどこにいるのか知らないが、妙な指令を発されてはかなわない。

ついでに奪った手錠の鍵を、ルパンに投げてやりながら、

「じゃあ、私をモデルになにか小説を書いてくれるの」

「もちろん。メロドラマがいい……謎の美女をめぐって、名門の御曹司《おんぞうし》とコソ泥がはりあう話だ。男のモデルは、私とルパンだがね」

「いい加減にしろ」

ルパンが怒鳴った。自由になった手を上衣の内ポケットに突っこんで、

「自分の置かれた立場が、わかってんのか」

さっきとあべこべになったが、先生は平気な顔だ。

「理解しているつもりだよ」

「トランシーバーを取り上げられても？」

「さよう」

「ひとりだけ残った部下を、こうされても？」

いうが早いか、ルパンは拾った棍棒で、いやというほど男をなぐりつけた。ナンバー9は、キュウともいわずぶっ倒れる。それでも先生は、神経のどこかが遮断《しゃだん》されているみたいに平然と、

「部下には代わりがあるからね」

そして、ひょいと取り出したトランシーバーに向かって、

「指令0！　私をガードせよ」

「あれっ」

「まあ」

ルパンと不二子、目をぱちくりした。

「トランシーバーにも代わりがあるのだよ」

笑った男爵先生の、前後のたたみがすとんと落ちた。

「わあっ」

「きゃあ」

声だけ残して、ルパンと不二子の姿は奈落の底へ消えてゆく……。

先生は獲物をさらいそこね、ルパンは尾骶骨《びていこつ》をくじいた上、頭にコブをつくり、この勝負一対一というところか。

なおルパンが、頭にコブをこしらえたのは、不二子がひと息おくれて頭上に墜落したためである。すらりとしているから目立たないが、あれで彼女なかなか目方は重いのだ。

4

「それからどうした」

「どうしたもこうしたもねえ。やっとのことで落とし穴を這い上がると、人っ気ゼロの荒れ寺があるばかりさ」

「男爵が執筆していた机は」

「机も椅子も絨毯もない。あの寺は、やつのアジトの、ほんのひとつにすぎなかったんだ」

「つまりルパンの、この家みたいにか」

「まあ、そうだ」

耳をすますと、松籟《しょうらい》の音が聞こえる。吹く風に潮の匂いがまざっているのは、海が近いせいだろう。知らない者が見たら、しゃれた海浜の別荘でしかないが、ロッキングチエアに身をまかせているのはルパン、釣竿の手入れに余念がないのは次元大介である。

「そいつの口ぶりだと、あぶなくなったのは竹下より不二子だな」

「かもしれねえ」

バルングラスの底に残った琥珀《こはく》色の液体を、のどの奥へそそぎこみながら、ルパンが答える。

「男爵先生、噂にたがわぬやり手だが、どうもあの目が気に入らん」

「目?」

「正気の人間じゃないね……といって、まるっきりおかしいわけでもない。その両方を、振子みたいに往ったり来たりしてる感じさ……天才というより天災みたいな奴だが、あいつもしかしたら、犯罪にかけてはおれ以上の天才かもしれない」

「ルパンにしては、弱気じゃないか。本気でそう思うなら、ちょっかい出すのを止めるこった」

「だが、やつの口調だと、いつか不二子を狙うだろう」

「ほっとけ、ほっとけ」

と、次元はにべもない。

「一ページのうちに、二度も三度も裏切るような女を、気にするな」

「まったくだ」

ルパンもうなずいて、きゅっとグラスを干した。

「今回は、どうにかおれの計画通り、竹下陽子の替え玉をつとめてくれたが、油断も隙もならんのは、あい変らずさ」

「男爵が気に入ったのなら、かまうこたない……のしをつけてくれてやれ。クリスマスプレゼントには、少々早すぎるがな」

「そうするか」

「そうしろ」

「よし、そうしよう!」

グラスにつごうと、ブック型のナポレオンの壜《びん》を取りにルパンが立ち上がったとき、電話のベルが鳴った。

「五右ェ門かな」

そうではなかった。不二子からだ……それもひどく急迫した様子である。

「たすけて、ルパン」

というのが第一声だった。

「男爵が来た!」

ばりばりと、間近にドアの破れる音がした。

「あっ」

不二子の声が途絶えると、入れ替わりに先生のグルーミーな声が流れてきた。

「ルパンか。私はこれから、彼女をモデルに、芸術にいそしむことにする。失礼」

ガチャリと、電話は切れた。

「不二子がやられたっ」

ルパンと次元は、顔を見合わせた。

「ルパン、不二子の家はわかってるのか」

「知ってる。レンタルのマンションだ」

「行こう！　急げばまだ手がかりが残っているかもしれん」

「よしっ」

先を争って玄関を出たふたりは、

「？」

「？」

もう一度顔を見合わせた。

「不二子はくれてやるんじゃなかったのか」

「そういうお前だって、そのあわてぶりはなんだ」

「ははは」

「ははは」

声をそろえて笑ったが、よく考えてみると、ちっともおかしくない。

「さっきの話は助けたあとのことにしよう」

「OK、行くぜ」

玄関を飛び出して、ガレージに向かう。そこへ、浜からつづいた砂を踏んで、五右ェ門が着流し姿でやって来た。後ろにもうひとり——これもいでたちは和服だが、きちんと袴《はかま》をつけた、長髪の男が従っている。

「どこへ行く」

「不二子のところだ！」

叫んだルパンは、後ろの人物に気がついた。

「だれだい。あんたの遠縁みたいな恰好《かっこう》をしているな」

「古郎志」

男が低い声で名乗りを上げた。

「コロシ？」

「売り出したばかりの殺し屋だそうな」

五右ェ門が口をそえた。

「デビューして間がないので、注文が取りにくい。そこで、こうしてセールスに歩いているとのことだ」

「なんなりと発注していただきますぞ」

陰々たる声だ。扮装はまったく違うが、男爵先生に一脈通じて正気を無くした波動を感知して、ルパンはぞくりとした。

「そいつはご苦労なこった。だが今は、相手してる暇がない」

エンジンが吼えはじめたメルセデスのリヤシートへ、古郎志は煙のようにすべりこんでいった。

「どちらか知らんが、連れて行ってもらいましょう……小生の役に立つところを、ごらんに入れる」

押売りみたいな古郎志もふくめて、四人を乗せたルパンの愛車は、猛然とダッシュした。

5

「これだよ、不二子のマンションは」

コンクリートの三次元長屋でしかないもろもろのマンションが、実態は千ションでし

かないのに比較すれば、こいつは堂々の億ションである。十七階の威容を誇って立ちはだかっている姿は、立ちションといってもよろしかろう。

　ポーチに敷き詰められたイタリア製タイルを踏んで、エレベーターホールへ向かう。

「電話があってから、なん分経つ」

　五右ェ門の質問に、ルパンはデジタル表示の腕時計を見た。

「十九分と三十秒」

「相手は、ルパンが乗りこんでくるのを見越している……用心した方がいい」

つい二十分前まで釣り竿をみがいていた次元は、今度はマグナムをみがく番だった。
一二三四号室。
それが不二子の部屋だ。
ブザーのボタンを押すが、応答はない。
念のため、ドアのノブを回すと、ロックされていなかったドアは音もなくひらいた。
入ったとっつきの靴箱の上で、花瓶が静まり返っていた。
「不二子」
声を出してみたが、むろんこれにも答はなかった。キッチンとの境に下がったウッドスクリーンも、鉛でこしらえたみたいに重く動かない。

靴を脱いでルパンが上がろうとしたとき、鋭い声で古郎志が警告した。

「気になりますな……そのマット」

「え?」

上がり框《がまち》に明るいグリーンのマットが敷いてある。

「まん中が妙にふくらんでいる」

骨張った手で、古郎志は、マットを裏返した。中央に、なにか粘土のようなものが貼りつけてあった。

「新しいタイプのプラスチック爆弾のようだ」

「ば、爆弾だって!」

さすがにルパンの声が上ずった。

「踏めばあなたは、ばらばらになっていた……だがこうして、信管を抜き取れば心配無用」

「すまん」

ルパンは、胸をなで下ろした。

「あんたは、おれの命の恩人だ」

注意ぶかく上がりこんだかれが、ウッドスクリーンをくぐろうとするのを、また古郎志が制止した。

「なにか光った」

「えっ」

濃茶色のスクリーンをためつすかしつした古郎志は、やおら中央の一本から、小さな針を取り外した。

「おそらく毒針ですな」

「げえ」

「クラレでもぬってあるのでしょう。あなたがぐろうとすれば、手か首筋にチクリ。それでおしまい」

ルパンは青くなった。

「畜生！」

怒るのはまだ早かった。それからも、続々と古郎志によって、殺人の仕掛けが発見されたのだ。

ドアのノブに、高圧電気。

キッチンのガスレンジに、猛毒ボンベ。

金魚鉢に、ピラニア。

トイレの便座に座ってヒモをひくと、天井からナイフが降ってくるメカニズム。

電話を取り上げると、送受器から針が飛び出す。

テレビのスイッチを入れたら、ブラウン管が爆発した――もっとも、これはよく見るとテレビアニメで、宇宙人のロボットが大暴れしている場面だった。

「あきれたね」

ルパンは、げっそりしてリビングルームのまん中へ座りこんでしまった。

「よくもまあ、これだけ仕掛けたもんだ！」

「あきれるのは、あんたに対してだ……」

五右ェ門が、油断のない口ぶりでいった。

「古郎志とやら……なぜそんなに、殺しのからくりが次から次へとわかるのだ」

「わかっては悪いかな」

蓬髪《ほうはつ》をバルコニーからの風にそよがせながら、陰々と古郎志はつぶやいた。

「なぜわかるのか、小生にも判断がつかん……だがこうして家の中を歩いていると、思い出をたぐるように、未発の殺気を悟ることが出来る……いうなれば、殺し屋の腕が貴公以上ということでしょうな」

それが事実なら、古郎志は、ちょっとした超能力者である。

「手掛かりはどこにもねえ」

キッチンを調べていた次元が、顔を出した。

「不二子のことだ、なんか目印を残してゆくと思ったが」

「電話器は、キッチンのカウンターだ。先生に、つかまえられたとすれば、メッセージは台所の中にあるはずなんだ」

おみこしを上げたルパンは、若草色に統一されたシステムキッチンをのぞきこんだ。まるで家庭雑誌の広告みたいに、ぴかぴかにみがき上げてある。

「どうしたんだ、これは」

床にカレンダーがちぎれて落ちていた。調理台のボールからころげ落ちたミカンがいくつか。

「先生にとっつかまって、暴れたあとだろうよ……彼女の」

「ふうむ」

ルパンはカレンダーのそばへしゃがんだ。

ミカンがふたつ、日付の上にのっかっている。

「なるほどな」

「なにが」

次元が聞き返すのもかまわず、

「行ってみるか……この下へ」

「下？」

「十一階の二十二号室さ」

「そ、そこに、先生がいるというのか！」

「たぶんね」

「どうしてそんなことが」

わかった、とたずねようとして、次元ははっと口をつぐんだ。

「カレンダーの、11と22の上にミカンがのっている……」

「正解」

ルパンが歯を見せた。

「こいつが不二子のメッセージなんだ。考えてみろ、短い時間にこれだけ沢山の殺しのからくりを仕掛けたんだぜ。男爵先生のアジトはすぐ近くにきまってる。そして、もっとも近い棲家《すみか》といやこのマンションだ」

「行こう」

五右ェ門が手短かにいった。その手の下でチンと鍔《つば》が鳴る。百万言費やすより雄弁な五右ェ門の言葉だった。

――そして、一一二二号室。

ドアの前に立って、さすがにルパン一党も緊張していた。むりもない。この中で、ルパン三世と暗黒街の覇を争う男爵先生が待ちかまえているのだ。

「ふふん」

そのルパンたちを、鼻先で笑ったのは古郎志。

「小生がまず入ろう」

うそぶく姿にかっとしたか、

「待て」

五右ェ門が手を上げた。

「一番乗りは私だ」

「いいじゃないの」

と、ルパンが止める。

「せっかく買って出てくれたんだから」

ちゃらちゃらと音を立てて、懐から合鍵の束を出した古郎志は、あっという間にドアをあけた。

部屋の構造は、不二子のそれと全くおなじらしい。探る様子もなく古郎志がスイッチを入れると、あたりは閃光弾《せんこうだん》を発射したように明るくなった。

「不二子」

ルパンが、ベッドルームへ突進する。

「あぶねえ」

と次元が叫び、

「油断大敵」

と五右ェ門が怒鳴った。

まったく、いつものルパンらしくない……かれは百パーセント無防備で、となりの部屋へ飛びこんでいった。恐るべき敵、男爵先生が待ちかまえているかもしれないのに。

実際には、そこには不二子しかいなかった。ルパンと読者の期待を裏切って、彼女はまだヌードにはされていなかった。少女っぽいネグリジェをまとったまま、ダブルベッドの上で安らかな寝息を立てていたのだ。

「薬を飲まされている」

ルパンが彼女を揺り起こすあいだに、次元、五右ェ門、古郎志の三人は、慎重に一一二二号室を調べて歩いた。

「いない」

「こっちにも」

デラックスな家具は並べてあったが、どうもそれは、はじめからこのマンションの備品であるらしい。男爵先生とかぎらず、まったく人間が生活していた匂いがなかった。

これが読者のきみの家なら、カップヌードルの食べ殻や、フライドチキンの骨ぐらいころがっているところだ。

「どうやらこの部屋は、不二子を誘拐するためにだけ、借りたものと見える」

とルパンがいった。

「たしかに盲点だからな。彼女のメッセージがなかったら、おれたちは外を探していたはずだ」

「それにしても、男爵とやらはどこへ行ったのか」

五右ェ門の疑いは、もっともだ。

「常識的に考えりゃ、不二子をここへ連れこんでから、おれたちの様子を偵察に来たんだろうが」

ルパンが言葉をにごすと、

「そいつは、時間的にむりだぜ」

次元は首をふった。

「不二子の電話を受けてすぐ、おれたちはアジトを飛び出したんだ……途中で五右ェ門と古郎志を拾って、な」

「すると奴は、まだこのへんをうろうろしてるに違いない」

古郎志が断言した。

「どうかな、ルパン三世。殺しの天才この古郎志に、男爵先生殺しの注文をする気はないか」

「ばーか」

と、ルパンはいうと思った……次元も、五右ェ門も。

「ルパンともあろう悪党が、殺人を下請けに出せるかよ」

そう啖呵《たんか》を切ると思った。

が、意外。

「……いいだろ」

かれはぽつんと、古郎志にいった。

「あんたにまかせる。やってみな」

「よろしい。たしかに受注しました」

「期限は三日以内」

「二十四時間でけっこうです」

と、古郎志は豪語して、バルコニーに通ずるガラス戸をあけはなした。肌を刺すような寒風が、くらい空から吹き下ろしてくる。風に向かって、自称天才殺し屋は吠えた。

「あわれな犠牲者、男爵先生よ……小生はここに約束する。貴君はもはや明日の夜の月を見ることはないぞ」

芝居っ気もほどほどにしろ、といいたげに次元はルパンを見て――ぎょっとした。

ルパンともあろう男が、蒼ざめていた。いったいなにが、かれをそんな恐怖にかり立ているのだ？

6

銭形は、

（おや）

と足を止めた。

署長室のドアから、金色の糸のように灯が洩《も》れている。

（こんな時間まで、なにをしているんだろう）

まさか警察に泥棒が入るとも思えないが、石橋どころか鉄橋でさえたたいて渡る銭形だから、念のためドアを押しあけた。

「失礼します」

「おお、銭形くん」

でっぷりとふとって、禿げあがった署長が、にこやかに顔を上げた。デスクの上は書類の洪水だ。

「こんなおそくまで、調べものですか」

「うむ、実はな」

署長が顔をひきしめた。

「男爵先生に関する調書を読んどったのだ」

「また、あいつがなにかやりましたか！」

「そういうわけじゃないが、気がかりでな……それ、竹下陽子の一件だよ」

「ははあ。男爵としては、予告にも拘《かか》わらず手を出しませんでしたな。評判は高くても、やはりルパンに比べると小者なんでしょう」

銭形も妙な男で、ルパンよりすぐれた悪党がこの世にいては気分が悪いのだ。

「そうかもしれんが、竹下嬢のファンであるわしとしては、どうも落ち着かん。そこではじめから読み返しておるのだ」

署長はぱんと調書のひとつをたたいてみせた。

「やり手ではあるが、かなり悪どい真似をしておるな。この一件では、白乾児《パイカル》の妹を警察に売って、自分は要領よく逃げてしまった」

「それなら私もおぼえています」

銭形はうなずいた。

「魔術師の妹、高梁《カオリャン》ですな……兄に劣らん手品使いで手こずらせました」

非番だった銭形まで狩り出されて、大捕物になったものだ。

「けっきょく、もうひと息というところで白乾児があらわれまして……たしかにわれわれは、高粱を袋小路へ追いつめたのです。人間業では絶対にのぼれない高い煉瓦塀が、その先にありました。ところが高粱の姿は、どこにもありません。うすぐらい街灯に照らされて、塀が立ちはだかっているばかりでした」

「ところがその塀は、つくりものだった！　というわけだね」

「は」

一年前の失策を思い出して、銭形は、あらためて冷汗をかいた。

あのとき、頭上をヘリコプターが飛んでいた。その中に、魔術師白乾児が乗っているかもしれないことは、ちゃんと計算ずみだ。

銭形も他の警官も、ヘリが高度を下げはしないかと、神経を研ぎすましていたけれど、一向そんな気配はなかった。みんな、てっきり白乾児が縄梯子を下ろして、高粱を救い上げるものと、思いこんでいたのだ。

実際には、ヘリから白乾児が投げ下ろしたのは、小さく折りたたまれた「煉瓦塀」だった。

それを地上で受け取った高粱が、差しこんであるピンを抜くと、ビニール製の「煉瓦塀」は急速にふくらんで、本物の塀と高粱をかくしてしまう。

……だから銭形たちが袋小路へ飛びこんだとき、視野に立ちはだかる「煉瓦塀」しか見えなかったのである。

「どうにか妹は逃がしたものの、さぞ白乾児は、男爵先生に腹を立てただろうな……それについて、きみの意見は？」

「当然だと存じます」

「しかし、白乾児が先生に復讐した様子はあるのかね」

「ありません。いや……待てよ」

銭形は、ちょっと考えこんだ。

「一週間ほど前、白乾児の署名入りで、投書があったそうです」

「なに」

署長が大声を上げた。

「どんな内容かね」

「満月の夜、男爵は自滅するというんですが」

答えたものの、銭形はきまり悪そうに笑った。

「なんのことやら。頭のどうかしたやつが白乾児の名をかたったに違いありません」

「満月の夜、男爵は自滅する」

おうむ返しにいって、署長は黙りこんだが、銭形はなおもいいわけがましく、

「そういえば、あのあと曇り空がつづいて、からっと晴れた夜は、ゆうべだけでした
……ちょうど月も丸くなっていましたが、別に男爵が死んだという知らせは入っていま

せん。やっぱり、でたらめの投書ですよ。署長、どうしました」

相手は、カーテンをあけて、窓ごしに夜空を仰いでいた。

「風が出た……雲は厚いが、ひょっとすると晴れるかも」

「はあ?」

「銭形くん、有難う。きみの話はすこぶる参考になったよ。わしは急用を思い出したので帰る。あと片付けを、よろしくな」

銭形がぽかんとしている間に、署長はさっさと廊下へ消えてしまった。

「なんだ、ありゃ」

かりにも警部のおれに、掃除係をやらせるなんて。

銭形は口の中でぶつぶつつぶやいたが、そこは月給取りの辛いところ。埃だらけの調書の山を、素直にかかえこんだ。

「片付けろって、どこへ押しこめばいいのかね。えい、あのロッカーへ入れちまえ」

横着なことを考えて、よちよち歩み寄ったものの、調書が邪魔で目の前のロッカーを見ることが出来ない。

「くそお。このへんに、引手があるはずだぞ」

盲めっぽう、よいしょと引っ張る。戸があいたと思ったら、やたら重くてでっかい物体が、ずしんと調書にもたれかかってきた。

「わっ」

銭形は物体を呪《のろ》い、署長を呪った。

「な、なにをロッカーにしまいこんだんだ。ゴルフのクラブセットかしらん」

それにしては、もっと重くてもっと大きい。

「邪魔だ、どけ」

思い切ってふりはらうと、物体はどたっと床にころがり——そこでようやく銭形も、物体がなんであるかを発見することが出来た。

「署長！」

まさしくそれは、太り具合といい頭の禿げの面積といい、日ごろなじんだ署長に相違なかった。

薬でも飲まされているのか、下僚の警部に邪慳《じゃけん》にあつかわれても、腹も立てずにすやすやと、平和な寝息を立てている。調書もなにもおっぽらかして、銭形は署長のまるっこい体を揺った。

「署長、しっかり」

半分まで抱き起こしたところで、

「あれっ」

ここにいるのが署長なら、さっきまでいたのはだれだろう。

考える必要もなかった。ベテラン銭形をあれほどうまくだましおおせた変装術は、まがうことなく、

「ルパン三世！」

わめいたはずみに手がすべって、
ごきーん。

署長はまたもや頭を床へ、猛烈な勢いでキスさせた。それでもすやすや、天下泰平。

（ルパンが、なぜ男爵先生の調書を読んでいたのだろう？）

7

読者よ、心してほしい。

願わくばこれからあとの一場面は、あなたの目ではなく、魂で読んでほしいのだ。

私の前に、今横《や》たわっているのは不二子である。天使のように清楚なネグリジェ姿が、私の網膜を灼き、脳細胞を凝結させる。

「いや、凝結はまずい」

男爵先生はひとりごちた。

「燃え上がらせることにしよう」

脳細胞を燃え上がらせる。それほど私は、彼女を愛しているのだ。全身全霊をもって、私は峰不二子を愛するであろう。

ああ、ネグリジェ姿の彼女を見てさえ、この取りみだしようである。まして不二子がヌードになったら！

私の網膜は興奮のあまり核分裂し、脳細胞は歓喜してロケット噴射したために、大気圏外へ離脱するのではなかろうか。

今や、想像の段階は終わった。八〇年代の純愛メロドラマには、ベッドシーンが不可欠と信ずる私は、これより真摯《しんし》な態度で行動にうつらんとする。

「古い書き方ねえ」

肩ごしに不二子の声を耳にして、先生はびくりと頬をふるわせた。

「お目ざめか」

「いくらなんでも、そういつまでも眠ってはいられないわ」

笑顔の不二子は、体をくねらせた。熱帯魚のひれに似たネグリジェが、スローモーシヨン撮影みたいに、ゆっくりとひるがえる。

「ゆうべ夜中に私をさらってきて……今朝早くもどって……目をさましたと思ったら、小説を書いてたわね、先生」

「よくご存じだ」

ペンを置いた先生の目が、妖しく光った。

「……ということは、薬のききめがなかったことになるね。これは、意外だ。かなり濃く飲ませたつもりだったが……もっとも、あなたが日ごろ訓練して、薬の耐性をつくっていたせいかもしれん。さすがは、ルパンの恋人だ」

「ひがみっぽいのね、先生」

不二子は困ったように、手をふった。

「私はかれの恋人なんかじゃなくってよ」

「ほんとうかね」

「ええ、もちろん。だから執筆をつづけて頂戴」

「うむ」

男爵先生は、不承不承にペンを動かしはじめた。

だがそのときだ。

やさしく眠っていたはずの彼女が、むくりと体を起こし、私に話しかけた……神聖であるべき私の執筆の時間を侵す者に災いあれ。たとえそれが、私の愛する女性であろうとも、芸術の尊厳なる美は、愛を超越する。

そうだ、私は彼女を殺そう。


「どんなふうに書けた？　ちょっと、見せてえ」

先生の手もとを見た不二子は、目をまるくした。

「私を、殺す？」

「そのとおり」

と、私はうなずいた。

妥協は許されぬ……私の人生の、限りある時を浪費させた女を殺すのだ。


「そうすれば、あなたは永遠に沈黙を守るだろう」

男爵はまた筆を止めて、不二子にいった。

「私が欲するときにのみ、私はあなたを見、語りかける。あなたはただ黙って、聖母のようにほほえんでいればよいのだ」

かれは、ジャンパーのポケットからトランシーバーを取り出しながら、こともなげに注釈をくわえた。

「死ねばせっかくの美貌も腐り果てるというのか。いかにも、さよう。

早期死体現象においては、まず周知のごとく体温が下降し、冷却する。

一旦筋肉はゆるみ、皮膚は蒼白となる。しかるのち、死体の下部に薄桃色の死斑があらわれる。一方、死体硬直が開始され、夏においてはほぼ四十時間、冬においては三日から七日を経て、解ける。

やがて死体の下腹部は青緑色となる。腐敗した血液が全身をめぐるや、いかなる美女も青ぶくれの巨人と化し、夏には三日、冬でもひと月ののち、それは蛆《うじ》のねぐらとなる」

「止めて！」

不二子の叫びも、男爵先生には、ディスコサウンドほどにしか聞こえないらしい。

「心配無用……愛するあなたを、そんな醜悪な姿にするものか。あなたの息が絶えたらすぐ、私は熟練した標本業者を連れてこよう」

「ヒョウホン？」

「いかにも」

先生は、にんまりとした。なんだか、吸血鬼を思わせる笑い方だ。

「きみの剥製《はくせい》をつくらせるために」

「いやっ」

今度こそ、本気で不二子はふるえ上がった。

「なんてことというの、あなたそれでも人間？」

「いうまでもない……人間とは元来残酷な生物なのだ。だからこそ、非力なわれわれ人類が種の生存競争にうちかって、霊長類を名乗ることが出来たのだ。ナチスは集団虐殺した人間の皮で本をつくった。かの映画『真田幸村の謀略』では、家康は石田三成の頭蓋骨を酒杯になしたではないか。

私は、あえてあなたの裸体を剥製にしよう。そして、あなたの美をとこしえにたたえよう」

「帰る！」

焼けたトタン屋根に乗った猫みたいに、不二子はあわただしくドアへ飛びついた。ノブをがちゃがちゃやったが、ドアはひらかない。

「あけてよ！」

ふり向いてわめく不二子に、先生は答えなかった。つかんだトランシーバーに向かって、

「司令K……不二子を殺せ」

「あぶねえっ」

ベッドの下から這い出したのは、ルパンである。

ラグビー選手よろしく、不二子にタックルする。ふたりが倒れるのと同時に、ぴしっ。

低い音が聞こえて、ドアの、今まで不二子の立っていた位置に、光るものが突っ立った。

金属製だが、吹矢の一種らしい。

「あそこから飛び出したんだ」

ルパンが指さした。

超高級マンションにふさわしく、ルームクーラーなんてケチなものはついていない。全館冷暖房の吹出口に、発射のメカが組みこんであったのだ。

「ルパン」

さすがに、先生も驚いたらしい。ジャケットの内側に手を突っこんだかれは、異様に細長い銃身を持つ拳銃を引き抜いた。細長く見えたのは、高性能のサイレンサーだ。

「ハイスタンダードUSAかね」

ルパンがいった。

ピストルでありながら、口径はロングライフル弾用につくられて、スパイの破壊工作に持って来いであるため、ＣＩＡが好んで使っている。

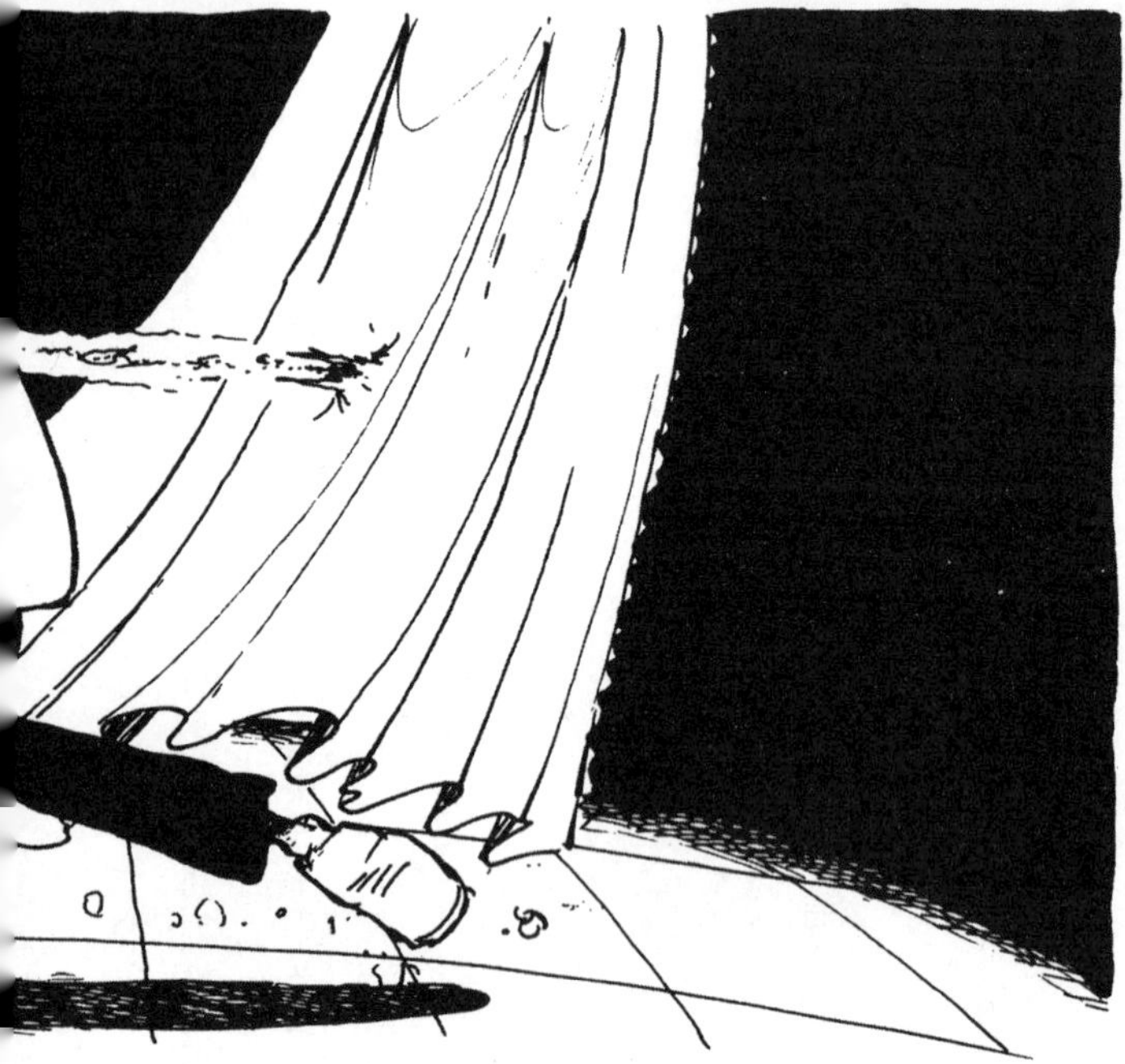

「いつ、ここへ忍びこんだ」

「ゆうべからさ」

と、ルパンはこともなげに、

「あんたが不二子をさらったあと、おれはすぐこの部屋を嗅ぎあてた。だがあんたはいない。獲物をほうり出したまま、逃げるわけはないからね。不二子と一緒に待ち伏せしていたのさ」

「なるほど。小者にしては鼻がきく」

どうにか落ち着きを取りもどした先生は、うそぶいた。

「だが、穴から飛び出したねずみは、たちどころにひねり

つぶされる運命だよ」

銃口が上がった。

モデルH―Dのサイレンサーが、一つ目小僧のように、ルパンの胸板をにらんだとき、

「!」

先生の腕がふるえた。

カーテンを通して、真昼のように明るい月の光が、この対決の場を染め上げたのだ。風が、月をおおう雲を吹き飛ばしたらしい。

「おい、どうした」

ルパンに声をかけられたが、先生は小刻みに体を揺るばかりである。

だらんと拳銃を持つ腕を下げ、先生は、糸の切れかかったあやつり人形のように、ゆらりゆらり、歩きはじめた。それでも、机上にひろげた原稿の束を、持ってゆくのを忘れなかったのは、感心だ。

小さな悲鳴を上げて、不二子はドアから飛びすさった。

夢遊病者のような足取りで、男爵先生は、ドアの外へ歩み出る。それを見ながら、ルパンは止めようともしなかった。なにが起ったのか、熟知している表情だが、その頬は恐怖にそそけ立つようにも見えた。

「いったいどうしたの、男爵は」

不二子がささやいた。

しかしルパンは、奇妙な呻《うめ》きをもらすばかりだった。

「おそろしいやつだ……白乾児は！」

「パイカル？」

呆気にとられたように、不二子が聞き返す。

「こないだ、ルパンと決闘して死んだ魔術師のこと？」

「そうだ……男爵先生は、白乾児の復讐を受けているんだ！」

8

読者はご存じであろうか……都内某所に、飯田山双葉寺という寺があるのを。

いや、知らなければよいのだ。

知らなければ、あなたの身に危険がふりかかることもない。

忠告しておこう。

飯田山双葉寺、その名をたった今忘れたまえ。

原稿がばさっと寺の縁先にほうり出されると、埃が舞い上がった。

陰々つぶやいたのは、和尚の古郎志である。百年前の書生っぽのようなその姿が、荒れ寺をバックにすると、あざやかにキマって見えた。

「来るはずだ」

「こうして、やつの原稿を囮にしたのだからな……男爵は、きっと来る」

満月の面を、雲が掠《かす》めた。影がまだらに古郎志の全身を包んだ。

り、り、り。

り、り、り。

言葉少なに、ゆく秋を虫が唄っている。

なんの冷気におそわれてか、古郎志はぶるっと体をふるわせ、立ち上がった。

「む。来た」

和紙ににじんだ墨のように、おぼろな人体が、かたむいた山門の下に、あらわれる。

流れるような動きで銃を抜いた古郎志へ、

「待ちな。おれだよ」

声をかけたのは、ルパンだった。

「おう、ルパン三世」

眉をひそめた古郎志は、弁解するようにいった。

「約束の時間はまだ三十分残っている……そのあいだに、必ず男爵先生は来るはずだ。来ればただちに、殺す！」

「先生なら、もう来ているよ」

ルパンの声に、あわれみの響きがあった。

だが古郎志は、まったく気づかない。

「なに。どこに」

燃えるような目で、あたりを見回す。折も折、月は雲にかくされて、生い茂った雑草の庭、ぶよぶよにくさった畳の本堂、いたるところにどっぷりと濃い闇が、衣をひろげた。

「どこにいる。古郎志といったな……原稿を返せ！」

声が変った。気のせいか、顔まで変ったように見える。

と思うと、すぐに雲が流れ去って、あたりはにぶい銀色の光沢を帯びた。

「男爵先生、出てこい」

もとの古郎志の声にもどって、低く吠えた。

「先生はほら、そこにいるじゃないか」

「ど、どこだ！」

「そこだ。お前だ」

「なんだと」

「お前自身だ！」

天空に、風がはためいた。狂気の速度で雲が走った。

光が、闇が、目まぐるしいテンポで、古郎志をもてあそんだ。

「おれが？」

「古郎志、すなわち男爵先生！」

「うぬ」

古郎志が、先生の声でわめいた。

「原稿を返せ、偉大なる私のアート」

「約束だ……きさまを殺す」

先生が、古郎志の声で叫んだ。同一人の口から、たてつづけに、こうも違った声が出ようとは。ルパンですら、その目で見ていなければ、とても信用出来なかったろう。古郎志イコール先生は、手にした銃——それは当然ハイスタンダードUSA。モデルはHーD——を、自分の胸にあてがって、憎々しげに怒号した。

「くたばれ!!」

押しつぶされたような音がもれて、一人二役を完璧に演じ終えた、この奇怪な悪党は、がくりと体を前に投げ出している。

「こいつは、参ったね」

「幻妙きわまる」

「まだキツネにつままれたみたい」

ルパンの合図を受けて、山門から飛びこんで来た次元、五右ェ門、不二子は、口々に叫んだ。

「先生は、高梁の一件で白乾児の恨みを買った。だから、強烈な後催眠暗示を受けていたんだ」

「なんの暗示だって」

「満月になると、人格変換が起こるというのさ……もちろん、催眠術にかけられたという記憶は、抹消されている。だから先生は、自分でも気づかないうちに、古郎志という殺し屋になっていた」

「無意識のジキルとハイドというわけね」

魔術師といわれるだけあって、白乾児の水際立った暗示である。催眠術の奇蹟にはいろいろとあって、有名なのはアメリカのM・バーンステインが、コロラド州のある主婦に術をかけ、前身がアイルランドのブライディ・マーフィであることをたしかめた実話だ。

年齢退行、前世の記憶、あるいは動物への変換にくらべれば、人格変換はそれほど驚くべき現象ではない。ソ連のベフテレフにいたっては、九ヶ月余も麻痺で足を動かせなかった患者を歩かせたり、遺伝性の盲目を開眼させているほどだ。

「だが、そうなるとあの電話は？」

次元が疑問を投げかけた。

「不二子をおそった先生が、ルパンに電話をかけた。ちょうどそのころ、古郎志は五ェ門とコンタクトしていたんだぜ」

「だからおれも、不二子のマンションへ着くまで、よもや先生と古郎志が、同一人物だなんて思わなかった。ところが現場へ行って気がついたね……電話ではっきり耳にした、ドアの破られた音。しかし不二子の部屋のドアは、一枚も傷ついていないんだ」

「なるほど！」

次元が短くなったペルメルを、ぽいと捨てた。

「あの電話は、録音構成されたものか……演出過剰の効果音だったな」

「先生のことだ、電話を受けて仰天するおれを見て、芸術的感興にひたろうとしたのさ。あいにく、おれのところへ来る途中で雲が晴れ、月がのぞき、先生は古郎志に人格変換してしまった」

「どうもわからん」

と、五右ェ門がいった。

「白乾児からの手紙が、警察に着いたのは一週間前だと？」

「五右ェ門の心配はわかってる」

次元が笑った。

「ルパンが白乾児を殺したのは、九日前だ。死人が手紙を出すわけはない……白乾児は、まだ生きてるんじゃないかというのだろう」

「さよう」

五右ェ門がうなずくと、不二子も笑って、

「郵便がおくれたのよ。白乾児は、ルパンと戦う前に、先生に暗示をかけておいて、手紙を出したんだわ」

「それならいいが」

五右ェ門は、ルパンをふり返った。

「妹のためにすら、男爵にあれほどのペナルティを課した男だ。自分を殺した相手に、どのような復讐をたくらもうとするか……たとえ死人であっても、用心に越したことはないぞ、ルパン」

「おれも、そいつを考えていたよ」

大真面目で、ルパンは答えた。

「なにしろ、おれの生涯でも一番の強敵だからな」

もの憂くつぶやきながら、縁先に散っている先生の原稿を、きちんと揃えた。それから、先生の懐をさぐってトランシーバーを取り出すと、

「指令Z……この寺、および各所に設けてある男爵先生のアジトを焼け」

言下に本堂の奥から、どっと火の手が上がった。

「指令って、いったいだれが指令を受けてるのよ」

「たぶん、先生専用のコンピューターがあるんだろう。先生は、他人を信用するような男じゃなかった。人間は、いつなんどき自分の貴重な時間を侵すかもしれない。その点キカイなら、指令を発するまでおとなしく待っているもんな」

ルパンは、二度と使うことのないトランシーバーを、炎の中へ投げこんだ。

「行くぜ。先生の死体は、自動的に火葬してもらえる」

ファミリーとともに山門をくぐろうとして、ルパンはもう一度、紅蓮《ぐれん》の炎にシルエットとなった廃寺をふり返る。

今し方、末尾にルパンが書きくわえた原稿の一枚が、強風を受けて舞い上がっていた。

……双葉寺にまつわる話は、これでおしまい。命の保証がされなかったのは、読者ではなく作者だった。

第3話　魔女戦線

1

テレビドラマ風にはじめるなら——

トップシーンは、大々的に白ヌキの見出しである。たとえば、こうだ。

ルパン三世
女優をさらう

これではあまり、ぶっきらぼうだというので日刊紙は、たとえば次のように書く。

かねて竹下陽子ファンのルパン三世だから、
それを証明しようと
誘拐した

週刊誌になると、もっと思わせぶりなタイトルで、気を引こうとするだろう。

☆☆☆☆極秘ルポ☆☆☆☆

ルパンが竹下陽子とハワイで結婚!?

本誌特派記者が銭形警部に密着取材して贈る

世紀の大悪党赤裸々な告白

2

「なんだなんだこの新聞は、週刊誌は！　名誉毀損《めいよきそん》で告訴してやる！」

いきり立っているのは、当のルパンだ。

いつもながら、場所はどこともわからない、松籟《しょうらい》の音のみ高い豪邸のソファに、大あぐらをかいている。かれの周囲にひろがっているのは、ルパンが竹下陽子を誘拐したという記事ばかり。

「訴えるのは勝手だが、おたずね者の身じゃ法廷に出られないぜ」

ひどく当たり前のことを、次元がいう。かれは器用な手つきで、取れかかったスーツのボタンを縫いつけていた。およそそぐわない仕事のようだが、ダンディーな次元にとって、ぶらぶらとゆるんだボタンは、美的ではないのだろう。

「とにかく、我慢がならねえ……竹下は三原プロ所属だったな。行ってくる」

立ち上がったルパンは、となりの部屋のクロゼットから、臙脂《えんじ》色の上衣を引っ張り出した。暖房のきいている室内はあたたかだが、一歩外へ出れば寒風の吹き荒れる師走な

のだ。

「冤罪《えんざい》に問われたのが、それほど腹に据えかねるのか」

うっそりと、五右ェ門がたずねる。甲斐甲斐しく襷《たすき》がけしたかれは、玄関ホールの塵《ちり》を、箒《ほうき》で集めていた。イメージがこわれる、と怒ってはいけない。アニメの有難さ、画面にあらわれるどの邸も道も、チリひとつ落ちていないが、実際には男世帯のルパンファミリー、ちょっと油断すると塵芥焼却場《じんかいしょうきゃくじょう》みたいに汚れてしまう。

かといって、ルパンのアジトは秘中の秘。身元も定かでない通いのメイドなぞ、たのむわけにゆかない。ときたまふらりと、峰不二子が顔を見せるけれど、どう見ても家庭科の才能があるとは思われない。仕方なく、やもめ三人が輪番制で掃除洗濯にいそしんでいるのだ。

女性読者のみなさん、そんなルパンファミリーの姿を想像してごらんなさい。キャーかわゆいと思いませんか？

コートを引っかけながら、ルパンが答えた。

「おれのことより、竹下陽子だよ……どこのどいつがルパンの名を騙《かた》ってさらったのか、気になるんだ」

メルセデスのキイをちゃらちゃら鳴らして、樫の扉をあけると、目の前に咲いた花が、にこやかに声をかけた——峰不二子という、飛び切り上等の大輪の花が、ちょうど訪ねてきたところだった。

「三原プロへ行くんなら、私も連れてって」

「なんだ不二子か」

とルパンは、木で鼻をくくったような挨拶である。

「三原裕敏のサインでも貰おうというのかい。あいにくだが、あんたのレジャーにつきあってる暇はないぜ」

コートの裾をひるがえして、さっさと背を見せた。憤然とあとを追うのかと見れば、不二子はうす笑いを浮かべて、ポーチの柱によりかかったきりだ。

数分後、ルパンがかっかしながら駈けもどってきた。

「やい、車のキイを返せ！」

不二子の早業、すれ違いざまルパンの手からキイを盗み取ったのだ。

「いいわよ。私に運転させてくれるなら」

微笑した不二子は、玉虫色に光るダスターコートを、ちょいとめくって見せた。裏地の臙脂色を、ルパンのジャケットにつき合わせて、

「ねっおなじ色でしょ。ペアで出歩くのにぴったりだわ」

ひと目見ただけでは気づかないようなところに凝《こ》るのが、本当のおしゃれなんだそうである。

「勝手にしてくれ」

ふくれ面で車に乗ったルパンが、ほう……という表情に変ったのは、愛車が三原プロダクションの正面にすべりこんだときだ。

「これが三原プロか……噂には聞いていたが、大した羽ぶりだね」

大型ビルではないが、隅から隅まで金のかかっていることは、目のこえたルパンによくわかる。

「よっぽど儲けてるんだな」

「当然よ。大勢のスターをかかえているんだから」

「話に聞くと、がめついビジネスぶりだというぜ」

「スターをつくるには、金がかかるのよ。投資した分を取り返すのは、当たり前でしょう」

「不二子は、三原ファンだもんな。わかるわかる、肩を持ちたいのは。だが、プロの実際の運営は、専務の上島がやってるらしいよ」

「あら、そうなの。じゃあその上島って人が慾張りなのよ」

責任が三原にないと知ると、ころっと態度が変ってしまう。

熱線を遮断《しゃだん》する特注のぶあついガラスドアがスライドして、ふたりは豪華なロビーへ足を踏み入れた。小さなカウンターの向こうに、プロを代表する美女が、艶然とほほえんでいた。どう見てもルパンは、放送局やスポンサーのおえら方ではないが、同行する不二子のデラックスなムードが、上客とカン違いさせたのだ。

「上島専務に会いたいんだ」

「お約束でしょうか」

「約束はないが、おれの名を聞けば会ってくれるさ」

受付の美女は、まじまじとルパンを見上げた。

どこのスターだったかしらと考えているのだろう。頭の中につめこまれた俳優名簿を残らず繰って、該当者がいないのをたしかめるあいだ、彼女はきわめて自然な笑顔を崩さなかった。プロたる者、こうでなくちゃいけない。

「申しわけございません」

心から彼女は申しわけなさそうにいった。

「ただ今お取り次ぎいたしますので、おそれ入ります。お客さまのお名前を」

社内電話を取り上げながら、小首をかしげて返答を待つ彼女に、

「ルパン」

「は？」

「ルパン三世」

「あのう」

受付嬢は困ったように、目をぱちぱちさせた。

「ご冗談おっしゃらないでください」

だれだって、ルパンが正面から堂々と名乗ってくるとは思うまい。ルパンは苦笑した。

「冗談抜きでいってるんだけどね」

ポケットから出したワルサーP38のトリッガーガードを指に引っかけて、くるくるっと回して見せる。ぴったり、それとおなじテンポでミス受付の目も、くるくると回った。

「……！」

「おい、どうした」

カウンターに手を突いたルパンが、のぞきこんだ。どうしたもこうしたもない。相手は音もなく床に倒れて、気絶していた。

「失神しちまったよ。そんなにおれって、強烈な魅力あんのかね、不二子」

不二子はとっくに、エレベーターの呼出しボタンを押していた。

「この見取図だと、専務の部屋は八階だわ。行きましょう」

「そうするか。彼女を介抱したいのは山々だけど」

受付嬢が電話をかけようとしたのだから、専務は在室に相違ない。ふたりは一気に八階までのぼった。

「ここだ」

すうとドアをあける。

あけたところは秘書室らしいが、無人だった。

「もう一丁」

奥まったドアをひらくと、スイッチを切られた電磁石と鉄片のように、ふたつの姿があわてて離れた。

ひとりは女、ひとりは男。女は秘書らしい知的な美貌をグラマーな肉体に乗せている。男はビジネスマンだがどことなく暴力団風なしたたかさを、えらの張った顎《あご》のへんにただよわせていた。いうまでもなく、上島である。

「なんだ。きみたちは」

と、上島は雄ライオンのように吼《ほ》えた。

「アポイントメントも取らんで」

なにやら小むずかしい言葉を使ったが、要するに約束なしで入ってくるな、といっているのだ。せっかくのラブシーンを邪魔された、照れかくしもある。

「出てゆきたまえ」

わめいた上島の面前に、ルパンはずいと進み出た。

「そうはゆかねえ……こっちだって、用があるから来たんだ。竹下陽子が消えた話を、じっくり聞かせてほしいのさ」

「竹下？　きみになんの関係がある」

ルパンと不二子を見くらべた上島は、ははあというようにうなずいた。

「トップ屋か、きみたちは」

「違った」

ルパンはにやりとした。

「おれ、ルパン」

「ル」

といいかけて、上島は目を白黒した。あとのパンが、のどにつかえたと見える。

「ルパンですって！」

われに返るのは、秘書の方が早かった。反射的に、白い腕を電話器へのばす。ひと呼吸で一・一・〇とダイヤルを回したものの、受話器になんの反応もあらわれないことに気がついた。

「電話線なら、もう切ってあるわ」

ななめにナイフで切断されたコードを、不二子がもてあそんでいた。

「ルパン三世の名にかけて誓うがね。竹下陽子をさらったのは、おれじゃない……だから事情を聞きに来たんだ、いたって建設的な動機なんだ。協力してくれ、おふたりさん」

と、ルパンがいった。

3

ようやくルパンご入来の理由をのみこんだ上島が話してくれたのは、次のようないきさつである。

昨夜竹下は、テレビ局でＶＴＲを収録した帰り、友人の速水礼子と六本木にあたらしく出来たディスコへ行った。「マモー」と名づけられたその店は、奇抜なセンスのインテリアで売り出していた。

アルミパネルとステンレスミラーで構成された壁。吹き抜けの天井は打ち放しのコンクリートのあいだを、原色でぬりたくられたパイプが、酔っぱらったヘビのようにうねっている。床はナラ材、椅子とテーブルはブビンガを加工した板とアルミダイキャストでつくられたもの。五本のブラックライトと、ヘリウムネオンガスのレーザービームが乱舞して、百平方メートルに足らぬ空間を、異次元世界にいざなっていた。

照明がくらいから、大スター竹下陽子に気がつく客もない。安心してふたりは踊りまくった……。

「ちょっと。その友達の速水ってのは、どんな娘だい」

「会ったはずですが……あなたが、まともに玄関からお入りになったのなら」

「いやみをいわないでもらいたいね。するてえと、あの受付にいた女の子？」

「そうです。竹下の高校のころのクラスメートでして……彼女の紹介で、うちへつとめるようになりました」

「ふうん。それから？　いつ竹下嬢は消えたんだ」

踊り疲れて、カウンターについた竹下陽子は、しばらくして化粧室へ出かけたそうだ。ところが、待てど暮らせど彼女は帰ってこない。

不安にかられた礼子は、様子を見に出かけた。

それから十数分後、べつの女客がトイレのひとつで眠りこけている礼子を発見して、大騒ぎになった。

「彼女の話では、化粧室のドアをあけたとたん、鼻と口をハンケチでふさがれて、気を失ったと申します」

「そのときは、化粧室の中にまだ陽子ちゃんがいたんだろうか」

ルパンが小声で問い返した。はじめて竹下陽子をちゃんづけにして、恥ずかしいようないい気分のような……というところだろう。

「いや。ハンケチを押しつけた相手の顔を、見る暇もなかったそうですから」

「ふん」

ルパンは鼻を鳴らした。

「で、なぜおれの仕業《しわざ》だと思ったんだ？」

「速水くんのバッグ——バーカウンターに残してあったんですが——その中から、新聞活字を切り貼りした、あなたの手紙が出て参りまして……あ、いや」

上島はいそいで手をふった。

「ルパン先生の名を騙《かた》った手紙が、です」

「先生はよせ」

苦い顔でいったルパンは、首をひねった。

「その手紙の文章なら、おれもニュースで見た。『しばらく竹下陽子をあずかる』そんな文句だったそうだな」

「はい」

「営利誘拐なら、とっくに身代金の請求が来てるはずだ。それらしい連絡は、入ってないのか」

「ありません」

秘書がきっぱりと答えた。

「手紙も、電話も」

「ふん」

ルパンが、眉《まゆ》を八の字に寄せた。

「どうも気に入らねえなあ」

どたどたと、ドア二枚へだてたあたりで、大勢の足音がひびいた。つづいて、恐ろしく気短かなリズムのノックと、毎度おなじみのあの声。

「ルパン！　ここをあけろ！　ルパン！　神妙にしろ！」

「もひとつ、気に入らないのがやって来た」

と、ルパンはいった。

「銭形のとっつあんだ」

「受付の速水礼子が、息をふ

き返したんだわ」

　ノックと怒声はますます高まる。

「あけんか！　あけなきゃこのドアをぶち抜くぞっ」

「アホか、とっつあん」

と、肩をすくめるルパン。

「はじめから鍵なんてかけちゃいねえのに」

「ドアがこわされたら、修理の費用は警視庁へ回してもらいましょうよ」

　ぐわあん。

　ぐわあん。

　銭形は本気になったようだ。めりめりと、ドアの鏡板に亀裂《きれつ》の走る音。

「あああ。あの調子ではもう一枚のドアもじきにやられちまう。こうしてはいられない、不二子」

「じゃあどうするのよ」

ぐわあん！

ついに秘書室のドアが、ふっ飛んだ。

「あと一枚もバラバラにしろ」

ひとの建物だと思って、銭形も気楽なことをいう。

その後ろには、警官と屈強な若者たちがひかえていた。商売柄、強力なボディーガードを雇っているのだ。

ハンマーより頑丈な肉弾が、ドアに向かってたたきつけられる、二度、三度……四度。

建具に狂いはこなくても、蝶番《ちょうつがい》がゆるんだらしい。ななめにひらいた突破口から、コルト45の筒先に添えて、むりやり顔をねじこんだ銭形が、

「ルパン、出てこい！」

「ルパンは、あの中へかくれました！」

おろおろと上島が答えた。背に、秘書がしがみついている。

「なに？」

銭形は、一方のコーナーをにらみつけた。そこにまた、ドアがある。上島専用の洗面設備らしい。

「おい、ルパン！」

ドアの前に立った銭形は、さすがにうんざりした。これで、三枚目だ。

当人はあくまで二枚目のつもりの銭形、腰に手を当て、胸を張り、パターン化したセリフを叫んだ。

「無駄な抵抗は止めろ！」

「……」

文字通り、雪隠詰《せっちんづ》めのルパンは、無言である。

「止むを得ん。このドアも破れ」

命令を受けた若者たちが、肉弾攻撃を再開した。

ぐわあん、めりめりっ。

ぶち抜く方も慣れてきたのか、案外三枚目のドアは素直だった。破れかぶれのルパンと不二子が、反撃してくるかと思ったが、内部にひそんだはずのふたりは、背中合わせに縛られ猿轡《さるぐつわ》をかまされていた……上島専務と女秘書だ。

「やられた！」

銭形は絶叫した。

「ルパンと不二子が逃げたぞ！　出入口をかためろ！」

むろん上島と秘書に化けたふたりが、そのへんにぐずぐずしているはずはなかった。

4

「専務……どこへ行くんですか」

心細げに、礼子がたずねた。

女秘書の運転するメルセデス・ベンツは、快調に走っている。

ついさっき、受付の控え室で休んでいた礼子は、彼女に呼び出されたのだ。

「専務がお話があるそうよ。いらっしゃい」

ルパンが潜入して大騒ぎの最中に、なんの話をしようというのか、ふしぎに思ったが、上司の命令では仕方がない。

秘書に連れられて表へ出ると、このメルセデスが待っていたのだ。丸の内の大企業なら、間違ってもこんな華やかな車は使わないが、赤坂の芸能プロなら十分フィットする。カーファンの礼子が、誘われるままつい乗りこんだのも当然であったが、車がすべり出しても、助手席に入った上島は話しかけようとしない。おまけに礼子の見たこともない、森閑《しんかん》としたお屋敷町へ入ってゆくので、とうとう我慢しきれず、呼びかけたのだ。

「専務」

風の音にさからって、大声を出したつもりだが、上島はふり向かなかった。

礼子は、助手席のもたれに手をかけて、繰り返した。

「専務！」

「だれのこと？」

上島と思いこんでいた人物が、ひょいとふり返った。そこにルパン三世の顔を見て、
礼子はフルパワーの悲鳴を上げる。

都合の悪いことに、交番の前だった。

不二子はとっさに、激しくブレーキを軋ませてハンドルを切る。

きききーっ。

ヒステリックな車の音に、ポリスは顔をしかめて耳をふさぎ、礼子の悲鳴も不発に終わった。

「また気絶するつもりかい」

ルパンはにやにやしながら、先手を取る。声も立てられずふるえている礼子のまわりが、暗くなった。

車がガレージにすべりこんだのだ。

「この邸は、もう三年ごし空いているんでね。ちょいとガレージに細工して、車からリモコンで、シャッターを上げ下げ出来るようにしたのさ。アジトというほどじゃないが、一時的な休憩所には持って来いだ」

説明しながら、ルパンが、ダッシュボードのボタンをぽんぽんと、おもちゃのピアノのキイみたいに押した。

あたりに淡い、青緑色の光がただよってきた。

「深海をテーマに、照明設計させたんだ」

壁のひとつがくるりと回転すると、バーカウンターがあらわれた。床の一部がひっくり返ると、絨毯《じゅうたん》といっしょに、しゃれたデザインのボックス席が出現した。

「さあどうぞ……お嬢さん」

ルパンにみちびかれた礼子は、それこそ深海をただよう人魚のように、おぼつかない足取りで、紫藍色《しらんしょく》のシートにつく。

カウンターに入った不二子が、慣れた手つきでカクテルをこしらえた。

「青い珊瑚礁《さんごしょう》という名前なの」

「では、乾盃」

ふたりにはさまれた礼子は、今更逆らいも出来ず、そっとカクテルグラスにくちづけする。

「勤務中のアルコールは厳禁かもしれないがね。あんたは誘拐された被害者なんだ。上島専務も、大目に見てくれるさ」

ルパンは、さもうまそうにグラスを干す。つりこまれた礼子も、思い切って、ひと口ふた口、すすりこんだ。

「やあ、飲んだね」

と、ルパンは愉快そうに笑った。

「味はどうだい」

「え……」

「自白剤を入れたのよ」

不二子がやさしい口調でいった。

「なんですって！」

「そいつを飲めば、秘密をかくすことが出来なくなるというクスリさ」

「！」

がちゃんと音がした。

礼子の手から、カクテルグラスがすべり落ちたのだ。

「スパイを自白させるため、ＣＩＡが開発したきわめて有効な薬剤でね……心配いらない、副作用は皆無《かいむ》だ」

「なにを、私に……しゃべらせようというの！」

礼子は、ふるえる手でシートの肱《ひじ》かけをつかんでいた。

「なにもかもだ……あんたたちの猿芝居」

「……」

「いくらあんたが内気なお嬢さんでも、ルパンの名を聞いただけで、気絶するのは不自然ですよ。だが、あんたの方でおれに借りがあるんなら、べつだ」

「……」

「あんたは『マモー』で倒れていた。おれが竹下陽子の誘拐犯なら、無駄なことをしたもんだ。なぜって、そのときはもう、とっくに誘拐を終えて、すたこら逃げてなきゃいけない時間だぜ。だが、あんたが竹下陽子蒸発の共犯者とすれば、意味はある。ひどい目にあいました、私も被害者ですといい張れるんだから」

「もうけっこうです」

海の照明より青白い顔で、ルパンの解説を聞いていた礼子が、うなだれた。

「あなたの名をお借りして、すみませんでした」

「よしよし」

ルパンは笑って、不二子にカクテルのお代わりを請求した。

「人間、その調子で素直にならなくっちゃ……どうやら、おれのにらんだとおり、あんたと竹下陽子の合作だね」

「はい」

覚悟をきめたのだろう、礼子ははっきりうなずいた。

「陽子ちゃんは、辛い立場にいたんです……プロダクションを辞めさせてほしいと、なん度も専務にたのんだのに」

「うんといわなかったのか」

「やくざまがいに凄んで、陽子ちゃんをおどしたそうです」

「なぜ彼女は、それほどまでに三原プロを辞めたがったんだい」

「恋人がいたのよ、きっと」

不二子が口をはさんだ。

「ファンのあなたには悪いけど」

「仕方がないさ……彼女だって、人間だもんな」

あまり愉快そうではない口ぶりで、ルパンがいった。

「陽子ちゃんには、恋人どころか、ご主人も子どももいたんです」

「まあ」

「ひえっ」

ルパンが、情けない声を上げた。

「子、子ども？　ほんとかよ！」

「はい。高校のころに学生結婚して……籍は竹下家に入ってます」

「うーん。ひとは見かけによらんもんだ」

うなるルパンの横顔を、不二子がくすくす笑いながら見た。

「ご愁傷《しゅうしょう》さまね、ルパン」

「なんの」

と気を取り直したルパンは、せいいっぱいやせ我慢した。

「色気抜きのファンでね、おれは。彼女さえ幸せになってくれりゃ、それでいいんだ」

「……でも陽子は、結婚の事実を公開出来ませんでした。上島専務から、強くいいわたされていたんです」

「三原プロにとって、ドル箱だからな……イメージがこわれるというわけか」

「来年は子どもが幼稚園に入ります。陽子は、日かげ者になっている俊吉さん……ご主人にすまないといっていました」

「その竹下俊吉てのは、どんな男だ」

「とても真面目そうな、すてきな人ですわ」

「おれより？」

ルパンが顔を突き出すと、不二子が、そのおでこを押さえて、

「きまってるじゃないの、馬鹿ね」

「うるさい、お前は黙ってろ……仕事はなんだ」

「さあ……まだ私も一、二度会っただけですから……堅い職業だと陽子はいってましたわ。それだけに、結婚式も挙げていないのが残念なんですって」

「わかるなあ、わかる」

ルパンはこっくりとうなずいた。

「それでおれをダシにして、誘拐狂言を仕組んだのか」

「ごめんなさい。私が陽子をそそのかしたんです。ルパンを……あ、いえ、ルパンさんを利用しろって」

「今ごろになって、さんをつけてもおそいよ」

と、ルパンは中っ腹だ。

「こうなりゃ、やけのやん八だ。乗りかかった船、いかにもおれが、竹下陽子を誘拐してやろう」

「えっ」

「誘拐して、脅迫するのさ……夫がいるならいるで、はっきりしろ！　式を挙げたきゃ、さっさとやれ！　そうすれば、身代金ゼロで解放してやるってね」

「え……え……え？」

「いいから、おれを彼女のかくれ家へ案内しな。悪いようには、しやしないよ」

のみこみ顔のルパンを見て、礼子は決心したようだ。

「わかりました。ご案内します」

立ち上がった彼女は、床に散らばっているカクテルグラスの破片を見下ろして、ひとりごとをいった。

「本当によく利いたわ……自白剤」

「いっとくけどね。あれはただのカクテルなの」

ルパンは、にやりとした。

「えっ」

「女性は暗示にかかりやすいからな。副作用がないのは当たり前さ。……さあ、陽子ちゃんのとこへ行こう。気の変らないうち、案内してくれ！」

5

それから二、三日して、主な新聞社と放送局に、奇妙な招待状が一斉に届いた。
テレビドラマ風に、アップでごらんに入れると、次のような文面である。

謹啓　貴社益々繁栄の趣大慶至極に存候
此度縁あって竹下陽子、俊吉両君の結婚を
媒妁致事成、此段謹而御通知申上候
追而貴社報道部及芸能部諸氏の御臨席賜わらば
錦上花を添え、誠に喜ばしく存候

ルパン三世

一九××年十一月吉日

各位

古めかしい言葉を使ったものだが、伊達者ルパンとしては、格調高く迫りたかったに違いあるまい。
日本語の読めない読者のため翻訳すると、まあこんな具合だ。

おッす！　儲かってるらしいな、
けっこう、けっこう
おれ、どういうハズミか竹下陽子と竹下俊吉てぇ
野郎のケッコンを取り持つなんて、アホな役目を
引き受けちまってョ
ついてはあんたとこの記者さんが来てくれたら、
けっこう毛だらけ猫灰だらけと、
こうきちゃうんだもんな

一九××年十一月のめでたい日
おれ、ルパン三世
マスコミ野郎ども

これだけでは、いたずらと思われると、心配したからだろう。どの招待状にも一枚の写真が同封してあった。

まぎれもない大スター竹下陽子が、だれとも知れぬ青年とキスしている後ろに、ルパンの立っている写真――嬉しいような、哀しいような、なんともしまらない顔で、ルパンはむりやり笑っていた。

6

招待状に記されていたのは、結婚式を挙行して、ニッポンで一番絵になるところ――軽井沢の教会だった。

十一月も末になると、標高一千メートルの高原は、しんしんと底冷えがする。夏、人口が十倍にふくれ上がったこの町も、初冬の季節は車を駆る者とてない。

カラマツの葉はとうに散りつくして、林いちめん焦茶色のカーペットがひろがっている。

研ぎすまされた枝ごしに、くすんだ色調の別荘が鎧戸《よろいど》を堅くとざして惰眠《だみん》のときを過ごしていた。

ツーイ、ツーイ。

チチ、チチ。

ねぐらを離れた野鳥の声が、澄み切った青空を、わがもの顔によぎってゆく。

のどの三角形の羽が白くなった、あれはキセキレイの雄。

枝に止まって実をあさっている、あれはヒヨドリ。おおい、軽井沢の冬は寒いんだぞ。仲間はもっとあたたかいところへ行ってるよ。お前ひとり、はぐれちまったのかあ。

ビィーン、キリキリ、コロ、ビーン。黄色いまだらな翼を、これ見よがしにひろげて啼《な》くのは、カワラヒワ。

実はこの夏、浅間に大きな噴火があったので、鳥たちの生活も混乱した。一時は軽井沢町に避難命令が下るほど鳴動がつづき、さしも喧騒《けんそう》をきわめた旧軽銀座さえ死んだようにに静まり返ったほどだ。

今も微震はひっきりなしに起きているが、慣れっこになった野鳥はおどろく様子もなく、冬の支度に忙しい。

そして下界の人間は、これまた自然の驚異くそくらえと、不逞の面構えばかり蝟集《いしゅう》して、結婚式の中継準備に大忙しだった。なにしろ今娘役として人気絶頂の竹下陽子を、あの怪盗ルパン三世が仲人になって、聟取《むこと》りさせるというのである。

前夜わずかに降った雪が凍って、アイスバーンになった碓氷《うすい》バイパスを、各社各局の車が、続々と詰めかけてきた。寒風を衝いて、空に新聞社のヘリコプターが舞い、国道をテレビ局の中継車が、電源車やワゴンを従えて進軍してきた。

証拠写真は同封されていたものの、まだ半信半疑だったマスコミは、招待状に記されていた軽井沢中央教会へ問い合わせた。すると、日ごろ行いすましているはずの神父が、興奮した口調で、

「たしかに式場の申しこみを受けています」

と断言したのである。

「間違いありません……こちらへは、竹下さんご自身が、おいでになりました」

神父だって、映画もテレビも見るだろう。ひょっとしたら竹下ファンのひとりかもしれない。

ニュースの確度が高いと知って、各社は一斉に報道合戦の火蓋を切った。

「A社はヘリを三台繰り出すそうだ」

「B局は最新鋭のハンディーカメラを発注したぞ」

「ビデオ録りではもったいない、地元局をキイにして、全国中継だ」

「碓氷峠にアンテナを立てろ」

「いっそ通信衛星で、世界中に流すか」

オリンピックそこのけの騒ぎとなった。

マスコミ界は、お互いにしめし合わせて、この件につき自主的な報道管制をしいたが、トップ屋や三流紙の口をふさぐことは出来ない。

「ルパン三世が竹下陽子を媒妁《ばいしゃく》！」

の知らせは、あっという間にひろまって、当日を中心とする前後一週間の軽井沢のホテルは、満杯になった。

それでなくても空前の報道陣のリザーブで、窮屈《きゅうくつ》になっていたホテル・旅館である。あぶれた一般客は、民宿へ殺到した。テニスのシーズンは終わり、スケートの季節には間があるので、あくびをしていた関係者は、チャンスとばかり奮い立った。

長野一円から、群馬県から、アルバイトのタクシー運転手が狩り集められた。七、八月しか開いていない旧軽銀座の各店舗も、目の色変えて開店した。

紀ノ国屋、口悦、ヴィクトリア、ソニーショップ、弁慶、ベル・コモンズ、小松ストア、銀座、赤坂、六本木、横浜元町の有名店から、西武デパートまで、神風的スピードで、ばたばたとシャッターを上げた。

むろん警察が黙っているはずもない。

銭形の声涙とともに下る演説ののち、特別予算が計上され、超法規的措置によって、各地からえりすぐりの敏腕刑事・警官が召集された。渡哲也・坂上二郎・松田優作等々の名前すら、リストに散見された。なんかカン違いしてるんじゃないのかね。

いずれ自衛隊まで出動しそうな雲ゆきに、大報道陣は神経をとがらせた。

「警察は引っこんでいてもらおう」

正式に申し入れた者さえ、なん人かいる。

「警戒網にいや気がさして、ルパンが式を取り止めたら、われわれの損害は甚大であり、且つ視聴者・読者の期待にそむく」

と、新聞社・放送局の首脳が、総監にねじこんだともいう。

宗教関係でも、キリスト教連合がアンチ警察の運動をおこす一方、真宗・浄土宗ほかの仏教連盟が、ルパン媒妁の誘致をはじめたらしい。

……とまあそんな風に、各方面の絶大なる期待のもと、結婚式当日となった。

果たしてルパンが、十重二十重の監視の目をくぐり抜け、新郎新婦を引き連れて、軽井沢中央教会にあらわれるだろうか？

それは、その場になってみないと、作者にだってわからない。

7

教会の扉は、ぴったりと閉ざされていた。

「ルパンは、もうあの中にいるのか」

「入った様子がないぜ」

「第一、媒妁人だけでは結婚なんか出来やしない……おれたちが、竹下陽子を見逃すはずはないんだ」

ニュースずれした記者たちも、さすがに興奮をおさえ難いようだった。

ルパンが予告した時間は、午後一時。どこまでも晴れた青空の下、時刻はじりじりとうつってゆく。

カラン……カラーン。

なんの前ぶれもなく、塔の鐘が鳴り出したから、記者たちはざわめいた。気の早いカメラマンは、それっとばかりファインダーを目に当てたが、これはとんだ見当違いだった。第一、教会が鳴らしたにしては、あまりに音がたよりない。

「地震だ」

臆病者の二、三人が、浅間をふり返ったが、三筋の煙は悠々たるペースで天に立ちのぼってゆくばかり。

ほんの微震にすぎないとわかって、ジャーナリストたちは、ふたたび教会とその周囲へ、注意を集中した。

挙式の時間まで、十五分足らず。

ルパンも、竹下夫妻も、到着した気配はなかった。空を双眼鏡でのぞくやつもいたが、ルパンがヘリで来る様子はない。

もっとも、警察用報道用合わせて半ダースの先客が、パラパラと頭の痛くなるような音を立てて飛び回っているんだもの、空から来るのは不可能だった。

「あと十分」

「あと五分」

「四分」

「三分」

「二分」

「一分」

「三十秒」

「十秒」

どうでもいいけど、まるでミサイル発射だね。

なお蛇足ながらつけくわえておくと、こういう書き方をすれば、原稿がどしどしはかどって、筆者はきわめて時間の節約が出来るのです。

なぞといってるうちに、秒読みはすすんだ。

「スリー」

「ツウ」
「ワン」
「ゼロ」

ドカーンという音は上がらなかった。代わりにマスコミ軍団をかきわけて、教会のドアへ近づいたのは、銭形だった。

かれは背後で鳴りを潜《ひそ》める、無数といっていいほどの記者、カメラマンを、痛快に無視して叫んだ。

「ここをあけろ！　重大犯人隠匿《いんとく》の容疑で、しらべさせてもらう」

意外にも扉は、その声を待っていたように八文字にひらいた。

そこからあらわれたのは、竹下陽子やルパンたちか——と思うと、そうではない。記者たちにすっかり顔なじみとなった、中央教会の神父が、にこやかにほほえんでいる。その後ろには、馬鹿でかいテレビがあった。大きさたるや、人間の背より高いほどだ。むりに画面を拡大したせいか薄暗かったが、それでも登場人物三人の姿は、はっきりと見て取れた。

ルパンたちだ。

中央に立つルパンの合図で、モーニングに身をかためた青年俊吉と、清純な花嫁衣裳の竹下陽子が、左右から歩みよってきた……。

「うぬ！」

高らかに鳴り渡るウェディングマーチをＢＧＭにして、銭形は神父につめよった。

「こ、このテレビは、どこから流しとるんですか！」

「よくわかりませんが、ひと月ほど前、ルパンさんの指示であのケーブルが引かれましたな」

俗世を超越した神父は、いとものんびりと返答した。神父の指は、教会の庇《ひさし》からのびてカラマツ林の一角に消える、ひと組の電線を示している。

「あの行方を探せ」

銭形はわめいた。

「ケーブルの先に、必ずルパンのテレビスタジオがある！　そこでやつらは、結婚式を挙げとるのだ」

「待って下さいよ、銭形警部」

と、ひとりの記者がたずねた。

「ＶＴＲだったら、どうします」

「きみはルパンという男を知らん」

銭形は首をふった。

「あいつは大悪党だが、約束も守る……この日この時刻に挙式するといったからには、必ずやってのける男だ。あらかじめ結婚式を挙げ、そいつをビデオに仕立てて今日流すなぞと、そんな姑息な手段は、決して取らん！」

式はなおも厳粛につづいている。

キリスト教式とも、神式や仏式とも違う、まことに簡素なプログラムだった。後にも先にもたった三人の結婚式なのに、ジャーナリストたちは、竹下陽子の表情に、まぎれもなく幸福の光を見た。

ケーブルを辿って、銭形とその部下たちは走り去った。当然、空へも連絡が飛んだのだろう。警察のへリらしい数機が、あわてたように、そのあとを追う。

外部の騒ぎとかかわりなく、大型テレビの中の結婚式はどうやら大詰めのようだった。

「汝、陽子を愛するか」

ルパンが照れくさそうにいい、俊吉は、緊張しきった顔で答えた。

「愛します」

ルパンはまた陽子にたずねた。

「汝、俊吉を愛するか」

「愛します」

陽子はきっぱり、いってのけた。

たとえスタイルに拘らぬ結婚式でも、受け身でいるだけの花嫁より、はっきり意思表示する新婦の方が、ルパンの趣味に合致する。

（ホントは陽子ちゃんには、おれを愛してるといってほしかったんだけどな）

今更そんな未練を残すのは、ルパンの美学にそぐわないが、純白のウェディングドレスを着こんだ竹下陽子に、あらためて魅せられて、つい落ちこんだ気分になる。

（だらしねえぞ、ルパン）

自分で自分を叱りつけ、ルパンは、俊吉が陽子のたおやかな指に、結婚指環をはめるのをにこにこと見守った。

気のせいか、頬のあたりが引きつりそうになる……。

たしかに俊吉は二枚目だが、大スター竹下陽子につりあうほどの男とは考えられないのだ……コン畜生。

ま、いいでしょう。

蓼《たで》食う虫も好き好き。

縁は異なもの味なもの。

人には添ってみろ、馬には乗ってみろ。

知っているだけの諺《ことわざ》を頭の中に並べながら、ルパンは、ガラスごしにカメラへ祝福の微笑を送りつけた。

いったいルパンはどこにいるのか？　もちろん、教会の中にいる……正確にいえば、超大型テレビの中だ。正面に貼りつけられた特殊ガラスごしに見ると、なにやらもやもやと暗く、平面的で、走査線まで走っているみたいだが、どういたしまして。それはみんな目くらましだ。

ルパンは、銭形の断言以上に几帳面なのである——教会で挙式するといったなら、挙式する！

それを勝手に、有線テレビと思いこみ、ありもしないスタジオを探しに行ったのは、銭形のミスだ。

……もっとも、敏腕銭形がそうあっさりとルパンに出し抜かれるはずはなかった。

「ようし、もういい」

トランシーバーに向かって銭形が叫ぶと、上空を追走していたヘリが、空中で停止した。

「これくらいまことしやかに、ケーブルを追いかければ、ルパンも油断するだろう」

かれはほくそ笑んだ。教会からはるか離れて、ここはもう三笠に近い別荘地だ。

「ぼつぼつ引き返すか……ルパンのことだ、ケーブルの先はもと首相の別荘か、浅間の火口にでも突っこんであるのさ。そんなものの行先を見定めるより、教会でルパン逮捕の一幕を観賞した方がいい」

自信たっぷり、銭形は部下にいった。妙な話だ……大警戒網はかれの指揮に従って、教会から離れたというのに。それとも、ルパンの気づかぬところに、私服刑事を伏せてあるのだろうか。

銭形は大股に別荘の庭を横切ってゆく。住む人のいない住宅というのは、どんなに手入れをほどこしても、ふしぎな荒涼感を与えるものだ。

だがなぜか、この家には活気があった。目に見えない生活の匂いを、不幸にして別荘とご縁のない銭形は、感づくことが出来ない。

銭形の背後で、音もなく雨戸がひらき、四本の手がいっせいに敏腕警部の体をつかんだ。

あっと叫ぶひまもなかった――銭形の姿は消えたが、同時に床下からもうひとりの銭形が、悠々とあらわれた。湿気をきらって、高床式に建てられた別荘なのである。かれは、ひと足おくれてやって来た部下たちに、百年も前から銭形を演じているような口ぶりで、いった。

「いそがんと、逮捕のクライマックスが見られんぞ」

8

強力なマスコミの布陣の前で、今竹下陽子の結婚式は終了した。

銭形は移動しても、記者もトップ屋もテレビカメラも動かない。かれらはただ、お目当ての結婚式を取材出来ればいいのだ。むろん生身の体が一番だが、下手にうろついて、貴重な式をワンカットでも撮りそこねたら、罰金ものである。

（それにしても、こりゃ変だぜ！）

もの慣れた芸能記者が、三分とたたないうちに、首をひねった。

（たった一台のカメラで撮ってるのかね）

いくら見つづけても、大写しがない。当たり前だ、テレビ中継ではなく、式の現場そのものなんだから。

式が終わったとたん、スクリーンに見立てたガラスが、静かにひらいた。その奥から、正真正銘のルパンたちが歩み出ると、さすがすれっからしの——あ、ご免なさい——世慣れた記者たちも、ほうと嘆声をもらした。

それほど、ウェディングドレスをまとった竹下陽子は美しかった。

（どうだ、大したもんだろう）

いばる理由なんてまったくないにもかかわらず、ルパンは得意満面である。

「ややあ、ご苦労さんご苦労さん。よく集まってくれました！　ごらんの通り、結婚式はとどこおりなくすみ、あとは銭形のとっつあんが引き返してくる前に、逃げる段取りが残っただけ」

「新婚旅行は？」

と、記者の中から質問が飛ぶ。

「さあね……おれは仲人であって、交通公社じゃないんでね」

ルパンは、記者たちの後ろをのび上がるように見た。いつなんどき、警察がかけつけるかもしれないのだ。浮き足立ちながら、ルパンはいった。

「後は、ご本人たちに聞いてくれよ」

手をふって歩き出そうとした——その手にガチャンと、小気味のいい音がしてはまったのは、手錠である。

「あっ」

「イッ？」

「うっ」

「え」

「おお！」

ルパンの手に、手錠が！

信じられない光景を見て、ジャーナリストがどよめいた。だれよりも信じられない面持ちなのは、ルパンだ。

手錠の一方は、俊吉の手首にはめられている……。

「これはなんの冗談だ」

ルパンがいった。

「冗談なものか」

モーニング姿にふさわしく、端正な言葉づかいで、俊吉はゆっくりと答えた。

「なぜなら私は、警視庁に奉職する刑事だからだ」

記者たちが、どっとどよめいた。

なんと！

竹下陽子の花聟は警察官であったのか。

そうとも知らず仲人をつとめるとは、ファンである陽子の魅力に目がくらんだルパン、底抜けのお人よしぶりを発揮したものである。

「やったあ」

銭形がマスコミ軍団を割って、飛び出してきた。

「天網恢々《てんもうかいかい》というやつだ！　ルパン、恐れ入ったか」

棒をのんだように立ちつくしているルパンを、銭形はあざ笑ってから、おもむろに竹下俊吉に近づき、力いっぱい握手を求めた。

「よくやった、竹下くん」

「恐れ入ります」

俊吉の顔が、紅潮した。

「みんな、陽子のおかげです……彼女が、この計画を考えつき、ぼくと速水礼子さんに話したのです。ルパンの名で誘拐された芝居をうつ。そうすれば、きっとルパンが乗り出してくる。

事情を知ったルパンは、お人よしぶりを発揮して、われわれの結婚式を挙げさせようとするだろう……全マスコミの報道陣の前で、あなたは華々しくルパンを捕えることが出来るって!」

ルパンの顔こそ見ものだと、それこそ全マスコミのカメラが、かれに向かってシャッターを切り、ズームアップした。

だがルパンは、表情を変えず黙りこくっていた。ものの見事に、竹下陽子にしてやられたルパンとしては、せめてものやせ我慢なのだろうか。

「感謝するよ、陽子」

俊吉は、静かな笑みをたたえて寄り添っている花嫁に、もう一度あついキスを送ろうとして——ぎょっとした。

「こ、これは？」

いつの間にか、俊吉の両手に手錠がはまっていた。

「そんな馬鹿な……ぼくは、片方をルパンの手首にかけたはずだ！」

「そいつを、おれが、あんたの右手へ移動させたのさ」

出し抜けに、銭形の声の調子が変った。俊吉は、白昼に妖怪を見たような目つきで、絶叫した。

「きさま……次元大介！」

銭形のマスクを剥《は》いだあとに、見おぼえのある顎《あご》ひげをそよがせて、ルパンのよき相棒の顔があらわれた。

「……というわけさ」

やっとルパンが口をひらいた。

上司とばかり思いこんで、ここまで従ってきた警官隊が、ルパンと次元を取り囲もうとする。

「止めな」

ルパンは叱咤した。

「おれたちに手を出すと、銭形のとっつあんが危ないぜ」

警官隊は立ちすくんだ。

「どこで、とっつあんと次元が入れ替わったのかも、わからねえだろ。悪いこた、いわない。おれたちの姿が消えるまで、おとなしくしておいで」

それから、マスコミの連中に向かって、愛嬌たっぷりに呼びかけた。

「結婚式の後は、おれの逮捕。つづいておれの脱走と、大サービスがつづくんだ。野球中継みたいに、いいとこでちょん切らないよう、スポンサーにたのんでくれよな。次元」

「おいよ」

「五右ェ門と不二子はどうした」

「もう地下鉄に乗ってるはずだ」

地下鉄？

たしかに記者団の耳には、そう聞こえた。

「ははあ。時間ぴったりだぜ」

ルパンが腕時計を見たとき、教会の鐘がカン……カン……カン……かすかに鳴りはじめた。

（地震？）

さっきと同じ、地面が小刻みに揺れているのだ。記者たちが顔を見合わせていると、

「お待たせ！」

不二子が教会の入口へあらわれた。その後には、いつものように着流しの五右ェ門。いったいどこから出て来たのか、ぽかんとしている記者たちに、ルパンが説明した。

「この教会の下に、地下鉄を敷いたのさ」

「ええっ」

「そう目をぱちくりすることはねえ……去年、青函トンネルをぶち抜いた腕利きの技術屋が、大勢行方不明になった事件があったろう。あいつらを雇って、旧軽銀座から熊ノ平の信号所まで、こっそり地下鉄をつくらせたんだ。

なあに、世界最長の青函トンネルにくらべりゃ、大した工事とはいえないよ。うまいぐあいに浅間が噴火して、地震が連発したんで、作業をごまかすにも苦労がなかった」

「し、しかし……地下鉄の出口はどこにあるんだ」

「列車の窓からのぞいてみな。廃止になった旧線のトンネルが、あちこちにあるだろう。そのひとつを無断借用したまでさ。

むろん目的は、軽井沢に集まる金持ちの貴重品をいただいて、次から次へと碓氷バイパスに運ぶためだった。夏場の軽井沢は、銀座赤坂六本木、大臣から社長まで、ぞろぞろ集まってくるんでね。泥棒稼業にしてみれば、こんな能率のいい狩猟場はない。

その地下鉄が、たまたま中央教会の下を通っていたんで、思いついたのが今回の結婚式場さ……」

ルパンは、神父にペコリと頭を下げた。

「迷惑かけたね、神父さん。その代わり、地下鉄の駅は寄付させてもらうよ。軽井沢の新名所になること受け合い」

「神の御名は、ほむべきかな」

鷹揚《おうよう》な笑顔で、神父はいくどもうなずいた。心中早くも、来年の人気のほどをおしはかっているのかもしれない。

「陽子ちゃん……」

といいかけて、ルパンは他人行儀に訂正した。

「竹下陽子がなぜ、おれを捕えさせようとしたのか、そいつはわからねえ。プロダクションの反対を押し切って結婚式を挙げ、ついでに亭主に手柄を立てさせる……それだけのために、おれをダシに使ったのか？　ちいっと手がこみすぎているような気もするけどな」

「彼女に恨みを買うおぼえは？」

ひやかし半分の質問が飛んだ。が、ルパンは大まじめでかぶりをふった。

「ないよ。……残念だけど」

そのあいだ、陽子はうつむいたきりだ。

「竹下陽子にやきもちをやいた不二子が、苦心して亭主の正体をしらべてくれた。さもなきゃおれは、見事罠にかかっていただろう……あばよ。あんたには、とうとうサインももらえなかったな」

ルパンが陽子の前に立ったそのときである。

記者団の中か、警官隊の中か、それとも、シラカバ林から聞こえたのか。軽快きわまりないメロディーが、口笛となって流れてきた。音痴の筆者には断言出来ないが、どうやらその曲は、大野雄二作る「ルパン三世」のテーマらしい。

びくっと、陽子の体が揺れた。

次の瞬間！

目にも止まらぬ早業で、かくし持っていたナイフをつかみ、陽子は全身でルパンにぶつかっていった！

いや、ぶつかろうとした寸前、ぎいいんという鉄と鉄のはじき合う音がこだまして、ナイフは宙に舞い上がっている。

いうまでもなく、石川五右ェ門の斬鉄剣が、ルパンの危機をすくったのだ。

ガチャーン！

ガラスの割れる音。

「陽子！」

俊吉の声が上ずった。

ナイフをはね上げられたはずみに、よろめいた陽子は、ブラウン管に擬したガラス板に激しい勢いでぶつかったのである。

わっと、記者たちが殺到した。

結婚、逮捕、脱走、負傷！

このクライマックスを撮らなかったら、たちどころにボーナスを減らされるだろう。

ストロボの嵐の中で、俊吉が悲痛に叫んでいた。

「だれか！　救急車を！　陽子、しっかりしろ！」

9

碓氷バイパスを、ルパンの車がころがるように走ってゆく。

今ごろは、三笠の別荘地に監禁された銭形も発見され、日本の警察ばかりかＩＣＰＯまで、フル回転の活動をはじめたころだ。

「陽子は、催眠暗示にかけられていたんだ……」

ハンドルをつかんで、ルパンがうなった。

「男爵先生とおんなじさ……あの口笛を聞くと、反射的におれを殺そうとする……後催眠現象だ！」

「では、あの女が友達や亭主をさそって、ルパンを罠にかけようとしたのも？」

「もちろん。だれか、おれに恨みを持つやつが、竹下陽子をあやつったのさ……ああ、陽子ちゃん！」

と、ルパンはまた彼女を「ちゃん」づけにして、

「かわいそうに……軽いけがですめばいいがなあ。家に帰れば子どもだっているのに……くそっ、許せねえ。白乾児《パイカル》め！」

「やはり、あいつの仕業だと思うか、ルパン」

次元がたずねた。

激昂したルパンが、めちゃめちゃなスピードで走らせるので、うっかりしゃべると舌をかみそうだ。

「それ以外に、考えられるか！」

「待て、待て。不二子があの口笛の方角を、望遠レンズで撮ったというぞ」

刀の柄に手を置いて、五右ェ門がいう。

不二子が使ったのは、ポラロイドカメラだから、

「とっくに出来上がっているはずよ。今まで見るひまがなかったけど」

慎重な手つきで、フィルムを引き出す。

果たして、ルパンが想像するように、そこに写っているのは生きていた白乾児であっ

たか？

「女だ」

と、次元が叫んだ。

「女？　白乾児じゃないのか」

そんなはずはないと、ルパンがいおうとすると、五右ェ門がひと足先に写真をさらって、いった。

「だが面影はある……これはルパン、白乾児の妹・高梁《カオリャン》ではないかな」

「高梁！」

「なるほど、そうか」

ルパンと次元が、同時にうなずいた。魔術師の妹は、やっぱり魔術師だ。いかにも彼女なら、兄に劣らぬ巧妙な催眠暗示をかけることが可能だろう。

「兄さんを殺したルパンに、復讐するつもりなんだわ。用心して、ルパン！」

不二子の声をよそに、写真を取り返したルパンは、つくづくと高梁の姿に見入っていた。切りそろえた髪の下の卵型の顔、ほっそりした首をチャイナカラーに包んで、柿色のドレスが不二子に匹敵するプロポーションを誇示している。スリットから、ちらとこぼれる足の白さに、ルパンはぶるりと身ぶるいしてつぶやいた。

「こんな女の子なら、復讐されてもいいや」

第4話　集まれ奇人ども

1

おれ、ルパン。

筆者の辻がちょっとばかりくたびれてきたらしい。

だもんで、休憩してるあいだ、代わりに一席ぶってほしいというんだな。

「かけ出しのくせに、さぼるんじゃねえ」

と、お尻をぶってやったが、考えてみると、たまにはおれがぺらぺらやるのも、読んでるあんたは、気が変っておもしろいかもしれん。

「そうですとも、ルパンさん。ご自分で書けばこそ、ルパンさんのおしゃべりが最高の迫力になりますよ、ええ」

「けっ。ヨイショしようたって、そうはゆかねえ」

凄《すご》んで見せたが、なんのこたあない。こうやっておしゃべりしてるんだからな、つまりは乗せられちまったのさ。

さて、と。

なにをしゃべろうかと頭をひねったが、どうもいいネタがない。良心的なおれは、盗むときもしゃべるときも、あれこれ検討した上でベストをつくすことにしてるんだ。

「不二子」

「なあに」

今日は不二子が、おれのアジトへ来ていた。例の高粱《カオリヤン》の一件を調べさせてるんだが、さっぱり埒《らち》があかなくてね。

「そのへんをぶらついてくる」

「どうぞ」

ぶらつくといっても、天下のルパン三世だ。読者やとっつあんみてえに、パチンコ屋だの一杯飲み屋だの、そんなちんけなところへ首を突っこむことは出来ねえんだ。

……ぶっちゃけていうと、そういう庶民的な場所は、おれの好みなんだけれどね。この際真紅のブレザー、淡青《たんせい》のスラックスというばっちりきまったファッションに準じて、おれは愛車のメルセデス・ベンツで、ほんの百キロばかり散歩に出ることにした。いずれパチンコ、飲み屋のたぐいは、本場大島の紬《つむぎ》でも着たとき足を運ぶつもりさ。

ところが実際には、五百メートルと走らないうちに、おれは車を停める破目になった。

だって気になるじゃないか。

真新しい電話ボックスが、公園の角に立っててよ。

麗々しく書いてあるんだ……。

「ルパン専用」

とね。

おれさま専用の公衆電話？　おれは電々公社に義理も借金もねえ。いったい全体、どういう了簡《りょうけん》の電話ボックスかと、ついふらふら入っちまった。

　中はなんの変哲《へんてつ》もない黄色い電話さ。どこがおれ用なのかわからない。ためしに不二子にかけてみるか……と、受話器を外そうとしたら、ベルが鳴った。

　せまいボックスの中だから頭痛が起きそうにでっかい音だ。

おれはあわてて受話器を外し、耳に押しつけた。

「ルパンだね」

人間の声が聞こえる。当然だ。ふつう犬や猫は、電話をかけないからな。それにしてもおかしいのは、その声のぬしが、男とも女ともはっきりしないことだ。

そのときはおくびにも出さなかったが、おれは内心ははあと思った。

「そうだ」

礼儀正しく答えたおれは、相手の非礼を指摘してやった。

「だがね、あんた。ひとの名

をたずねるときは、まず自分から名乗るもんだぜ」

「いずれわかるよ。私の名は」

と、テキはまるでエチケットを心得ていないのさ。

「用件をいえ！」

おれはものの順序として、若干凄んでやった。

「いいとも……私はキミの、天才的悪党の頭脳がほしい」

ほほう、こいつ。おれを天才とみとめているのか。

「もっとも私から見れば、キミなどまだまだザコであるがね」

ザコとはなんだ。

おれはかっとして、受話器をフックにたたきつけようとしたが、それより早く、正体不明のテキは早口にいった。

「キミの頭の程度を調べるため、早速仕事にかかってもらうよ」

「仕事だと？　おれはまだ引き受けるなんていってやしねえ」

「はなはだ申しわけないが、キミにはことわる権利がない」

相手の言葉には、あざ笑うようなひびきがあった。

「なんだと！」

「したがってまず、現地に行ってもらう……出張手当てはつかないがね」

シュッ！

受話器から黄色い煙が吹き出した。鼻の曲がりそうな匂いだ。

（しまった）

おれは狼狽《ろうばい》して、ボックスの外へ飛び出そうとしたが、だめだ。

（ドアがあかない！）

あかないばかりか、ドアのガラスも、窓も、ことごとく真黒に塗りつぶされている。

その日の日照に応じて色が濃くも淡くもなるサングラスがあるが、あれに似た材質なのだろう。

おれは、けがを覚悟で、ガラスに体をたたきつけようとした。

だが異変は、つづけざまに起こった。

「うわっ」

ずでん。

「ぎゃお」

どすん。

「むにゃむにゃ」

はじめの「うわっ」は、ボックスの猛烈な震動に驚いて発した声。

ずでんは、その結果おでこをガラスへ命中させた音。

「ぎゃお」は、ボックスが横転したための、驚愕《きょうがく》と恐怖の声。

どすんは、全身が一方のガラス壁にころがった音。

「むにゃむにゃ」は、ボックス内に充満した黄色い麻酔ガスのため、おれが睡魔にとらわれた結果の、寝息である。

ひらたくいえば、おれは正体を見せないテキのため、眠らされ捕えられたのだ。むろん電話ボックスは、おれを閉じこめるための大道具だ。

（それにしても、変だぞ……）

おれは夢うつつのうちに考えた。

（なぜおれが、このあたりを通ることを知っているんだろう）

疑問に解答を与える時間は、なかった。おれは完全に眠ってしまったからだ。

横倒しにされたボックスは、トラックにでも積まれて、どこかへ運ばれて行ったのだろう……。

だが、眠りこんだおれに、おしゃべりすることは出来ない。

以下、おれが眠っているあいだに、有志の読者は、おれの疑問に対する答えを書きこんでくれ。親切なおれは、カラッポのフキダシをつけておく。

2

波の音が聞こえていた。
それも、ちゃぷん、ちゃぷんというような、かわい気のある波じゃない。
どどーん……どどーん。
太鼓を打つような重々しさで、おれの枕を揺すっていた。
枕といっても、おれの頭が乗っていたのは石だ。
「いててて」

おれは辛うじて目をあけた。

どうやらここは、波打際に近い、岩盤だ。おれは岩の上に長々と横たわっていた。

どれくらいのあいだ、その姿勢で過ごしたのだろう。首根っこが、板みたいになってやがる。

「ひでえ目にあった」

起き上がったおれは、赤いブレザーについた砂を、まず払い落した。紳士たる者、身だしなみを大切にしなくちゃあね。いうまでもなく、ルパンは最高の泥棒紳士である。

それにしても、この海は……。

おれは水平線を見透《す》かそうと努力したが、ひでえ霧だ。三メートルと先が見えない。

ちぇ、これでは東京湾か太平洋のまっ只中か、区別さえつけられんぞ。

だが、東京湾に、こんな岩ばかりの島があろうとは思われない。するとやはり、おれは絶海の孤島に、島流しになったのかしらん。大きく息を吸ったおれは、

「おうい」

と、叫ぼうとした。

「だれかいないかなあ」

というつもりだった。

ワンテンポ早く、おれに向かって呼びかける者がいた——。

「お目覚めかね」

たまげたおれは、岩から足を踏み外し、波間へ落っこちそうになった。

「どうだった、麻酔ガスの味は」

声は、おれが頭を乗せていた、岩のかげから聞こえた……なんだ、大型のトランシーバーじゃねえか。

しゃべってるのは、電話の相手らしいが、こっちの言葉は通じるのかな。

「ビフテキみたいに、おいしいとはいえなかったな」

「けっこう。お元気のようだ」

ふん、感心に聞こえてやがら。

「では用件に取りかかろう……キミの足もとを見るがいい」

見たよ。

なんだ、こりゃ。

こまかく描かれた地図があった。

「それはこの島の地図だ」

「ははあ」

「ではひとつ、地図にしたがって、島内を探検していただこうか」

へえへえ。

こうなりゃ、なんだっていたしますよ。

見えないテキと、戦うにも握手するにも、島の様子をさぐるのが先決だった。舞台の大きさもわからずに、役者はつとめられないもんな。

おれは、馬鹿でかいトランシーバーを肩にかけ、右手に地図を丸めて、探検に取りかかった。

なんのことはない、測量に来て道に迷ったへっぽこ不動産屋である。

島は恐ろしくけわしかった。上下前後左右凸凹で、おまけにどこまで行っても、しつこく霧がへばりついてくる。

「どのへんにおるのかね、ルパンくん」

テキは問いかけたが、そんなことわかるもんか。

「ぼつぼつ島の中央を過ぎたのなら、右の道を取るべきだ」

おやそうかい。

おれはわざと左の道を取ってやった。

「さもないと、思わぬ場所に穴があってすべり落ちる」

どてーっと、おれはすべり落ちた。

あちちち。

歯を食い縛って、苦痛の声をもらすまいとしながら、おれはべつの道を取った。

「進め、進め。どこまでもまっすぐ進みたまえ」

男とも女ともつかぬ声が、あおり立てる。

気になるなあ……いったいどんな顔と姿のテキなんだろう。

「たとえそこが、胸を突く急傾斜であっても、くじけてはならない」

と、テキは叫んだ。

それに乗せられて、遮二無二《しゃにむに》前進したおれは、ふいに崖の突端へ飛び出して、肝を冷やした。

「よせやい！　この先、どうやって進めというんだ！」

「もし、そこが行き止まりであるとしたら……」

声はすこぶる冷静に、

「残された道はひとつ。引き返すことだ」

当たり前じゃねえか！

おれはむかっ腹を立てながら、Uターンした。

それからさらに、歩いた……歩きつづけた。いいかげん腹がへり、のどがかわいて、おれはとうとう、ある岩かげにへたりこんじまった。だがテキさんは、元気そのものである。

「どうかね。島のあらましはわかったかね」

「まあな」

おれは不機嫌そのものだ。

「島の大きさは、後楽園球場くらい」

「そのほかには？」

「一番高いところで、海抜百メートルくらいだろう」

「ほかに？」

どういうわけか、相手はひどく意気ごんでいるようだ。

「あとはわからん」

おれは、あらためてトランシーバーをにらみつけた。

「おれからも質問したい」

「……」

「ここは日本か、外国か」

「……」

「どこなんだよ、ここは！」

おれはトランシーバーを持ち上げて、がくがくとゆすった。急に沈黙するなんて、そりゃ勝手過ぎるんじゃねえか、おっさん。

「はっきりしてることは」

と、相手は不承不承《ふしょうぶしょう》にしゃべりはじめた。

「どこの地図にもない島だ」

「ぜんぜんはっきりしねえじゃねえか！」

おれは怒鳴った。

「こんな気の滅入るような場所で、おれになにをしろというんだ！」

「……」

また黙秘権だ。

「さては、おれをなにかの実験台にしようってのか。モルモット並みにあつかおうってのか！」

「ははは」

嗄《しゃが》れた声で、テキは笑った。

「察しがいい」

「くそお」

おれは頭に血がのぼり、目よりも高くトランシーバーを差し上げた。こいつもテキの片割れだ。岩角にぶつけて、バラバラのギッタギタにしてくれる！

「おっとっと」

頭になにか、かたいものが当たった。

「？」

見上げると、これには参ったね……大型トランシーバーに内蔵されていたピストルが、銃口を持ち上げて、おれの頭を狙っている。

頭を砕かれたら、次元も五右ェ門も不二子も、おれがルパンとわからなくなるだろう。おれは止むなく、トランシーバーに愛想笑いしてみせた。

「このメカをこわされたら、キミと連絡が取れなくなるもんでね……失礼」

まったく失礼な機械だよ！

「ははは……まあひとつ、自由にしてくれ」

「不自由きわまりない！」

おれは吠えた。

「酒もない、食うものもない。残されたのは死ぬ自由だけだ！」

「そういいたもうな。酒も、食物も、きみの後ろにそろっているよ」

「へ？」

おれは目をうたがった。おっしゃる通りだ。テーブルクロスも真新しい食卓に、ほかほかと湯気の立つ料理がととのえられていた。

ワインもある、フルーツもある。

「すげえ」

おれはのどを鳴らした。

エスカルゴと、鴨のテリンヌ。

舌平目のヴァンブランソース焼。

伊勢エビのクリームスープ。

ウサギの赤ワイン煮。

フィレステーキのフォアグラ添。

銀色に光っているのは、ソーモン・ダルジャンテ・コートダジュール……鮭の銀包み焼に違いなかった。

おれは、百メートル走者がゴールへ飛びこむような勢いで、フルコースめがけてダッシュした。

(あっ)

あまり急いだものだから、小石につまずいたおれは、モロに御馳走めがけてつんのめった。

がしゃがしゃあん。

皿が割れ、ソースが飛び散ったかと思うと、大違いだ。なんの異常も起こらなかった……起こるわけがない。この豪華絢爛《ごうかけんらん》たるディナーは、まぼろしであった!

三次元投影のホログラムか、あるいは凹面鏡のつくる幻像の珍味を目の当たりにして、おれはあやうくよだれをしたたらせるところだった。

「うまい！」

おれは、トランシーバーに向かって叫んだ。

「このワインは上物だね……うん、フィレもいい肉を使ってる……鴨のテリンヌは自家製かい。奥ゆきのある味じゃねえか。シェフにチップをはずみたいところさ！」

わざとトランシーバーへ、舌つづみを打ってみせた。

テキも呆気に取られたようだ。

やがて苦笑まじりに、

「強情な男だ……さて、あとはなにがおのぞみかね」

「欲張らせてもらえば、食いもののあとは、美女がほしいな」

「後ろをごらん」

おれは見た。

そこに不二子が倒れていた。

3

「不二子！」

おれが叫ぶと、彼女は、うっすらと目をあけた。

「ルパン……」

アジトで別れたときのまま、白のダブルスーツに紺のワンピース姿だ。

おれはかけようとして、ためらった。不二子もまぼろしかと思ったのだ。だが、そうではなかった。

むくむくと起き上がった不二子は、彼女の方からおれの胸へ飛びこんできた。

「ルパン、ここはどこなの？　こわい」

「よし、よし」

おれは不二子の髪をなでてやった。愛用のシャネルの5番が、ツンと鼻を突く。この声、この体、この肌のあたたかみ。まぎれもない不二子の実物だ。

「心配するんじゃねえ……ここがどこだか、おれにもわからねえけどさ」

われながら、たよりないなぐさめの言葉だった。

「やっぱりあんたも、麻酔ガスか」

「そうよ。気がついたら、この島だったわ」

おれは、不二子を連れて、海の見える岩角に立った。

「見ろや、一面の霧だ……これではどうにもならねえ」

着ているものがぐっしょりと重くなるほど、濃い霧がおれたちを包んだ。

「気をつけろ、不二子。足をすべらせたら、海へ落ちるぞ」

おれは、彼女に声をかけながら、用心を重ねてひと足先に平地へ降りた。

「おうい、不二子」

あまりしげしげ見上げては、スカートの彼女に悪いような気がして、おれらしくもなく遠慮した。それがいけなかった。

「不二子、どうしたんだよ」

待てど暮らせど、不二子の白い足はおれの視界にあらわれない。

さあっと風が起こって、霧は流れた。

つい今しがた、彼女と並んで立っていた岩角は、手が届きそうな近くにそびえていた
——だが、不二子の姿はどこにもなかった！

「やいっ」

おれはまた、トランシーバーをゆすった。

「なんとかいえ、このオ」

「待たせて悪かった……」

ようやくテキの声が聞こえた。

「なんの用かね」

「とぼけるな」

おれは、怒りで泡を吹きそうになっていた。

「不二子を返せ」

「不二子？　ほう……それはキミの恋人かね」

「ばっきゃろ！」

おれは怒鳴った。

「きさまがこの島へ連れてきた女だ！」

「はて」

声のぬしは、当惑したようだ。

「ほんとうに、知らないのだよ……私はキミにまぼろしを見せた。それだけだ」

「な、なに」

まんざら嘘と思えない口ぶりに、今度はおれの方が不安になった。

不二子が、幻覚？

そんなはずはねえ……。

おれの体にもたれかかったときの、あのボリュームは、不二子以外のなに者でもなかった。まして、まぼろしだなんて！

「あっ」

おれは、耳をすました。

どこからか、どっどっどっと、すきっ腹にこたえるような爆音が湧き起こった。まぎれもなく、あの音はハーレー・ダビッドソン。不二子が乗ってるんだ！

トランシーバーもなにもほうり出して、おれは身をひるがえした。

島のごく一部に、渚がある。

マシンを走らせるとしたら、あそこしかない！

おれの推測は適中した。

ライダーウェアに身をかためた不二子が、思い切ったリーンアウトの姿勢で、コーナリングをためしていた。

「不二子！」

岩から渚へ、かけ降りようとしたルパンより早く、数人の男たちが奇声を上げて、不二子を囲んだ。どいつもこいつも人相が悪い。

あわてた不二子は、車首を立て直して逃げようとした。その一瞬の隙に、男たちがイナゴのように飛びかかってゆく。

不二子は悲鳴を上げた。

「ルパン！　たすけて」

「ここにいるぞ！」

おれは、ちんぴらどものまん中へおどりこんだ。手近な野郎の顎《あご》に一発！

「うわっ」

ことわっておくが、この悲鳴は、おれに殴られたちんぴらの声じゃない……恥ずかしながら、おれがもらした奇声である。

だってそうだろう。

受け合い顎に入ったはずのおれのパンチが、見るも無残に空へ流れて、勢いあまってもんどりうったのだから。

不二子を追う、ちんぴらたちもまた幻影であった！
つんのめり、砂にまみれたおれは、そのポーズで茫然《ぼうぜん》としていた……。
又しても、霧が深くなってきた。
あのなつかしいハーレー・ダビッドソンの圧倒するような爆音も、もう聞こえない。
おれはとぼとぼと、さっき投げ出したトランシーバーのそばへ、引き返した。
「不二子とやらいう女は、見つかったかね？」
テキに聞かれて、おれは答える言葉がなかった。

「そうか。まぼろしだとわかったんだな……それでいい」

相手はやさしくねぎらってくれたが、全然おれは、納得がゆかなかった。

不二子は生きて、血の流れる体だった。断じて錯覚じゃねえ。

もし、あれがまぼろしなら、おれは気がヘンになってる！

そこまで考えて、おれははっとした。

待てよ。

ひょっとしたら……。

もしかしたら……。

あるいはきっと……。

「うわーっ」

おれは、やにわに髪をかきむしった。

「畜生め！　ここからおれを出してくれえ。帰してくれえ」

がんがんと、岩を拳固《げんこ》でぶん殴った。当然、おれの拳は血まみれだ。

痛いだろうって？

背に腹は代えられねえよ。この際、あいつを吊り出すには、これしかねえんだ。ほっといてくれ。

「頭がいてえ」

おれはわめいた。

「脳細胞がバラバラになっちまう！　たすけてえ！」

ファンの連中には、あまり見せたくねえ図だが、仕方あるまい……おれは力まかせにネクタイを引きちぎり、その端っこを口へおしこんで、むしゃむしゃとやった。シルクなら動物性だ、食えんこともあるまいと思ったが、ちとムリだったね。

もう少しでもどしそうになったとき、やれやれ不二子がものかげからあらわれた。

「ルパン……」

蜂蜜を煮詰めたようにスウィートな声だ。タレントでいや、青二プロの増山江威子そっくりの声で、

「信じられない……あなたがこの程度のことで、頭がおかしくなるなんて」

失望したような、安堵《あんど》したような、ややこしいニュアンスだった。

「うおお……ルパン、もういけない。死んだ方がましだ！」

おれは、いっそうシャカリキに叫んでみせた。聞く人によって、テアトル・エコーの山田康雄ばりだというが、たっぷりと演技を披露したところで、おれは長い足をのばして、トランシーバーを崖から蹴落としてやった。

ひと思いにジャンプして、不二子の腕をつかむ。

「不二子！」

と、これはもちろん正気のおれの声。彼女はぎょっとしたようだ。

「ルパン……あなた……」

「お前のいうとおりさ」

おれはにやりと笑ってみせた。

「これしきのテストで、調子っ外れになるおれじゃねえ……トランシーバーの発信先へ連れてゆけ」

「え」

不二子は、まじまじとおれを見た。

「なんのこと。連れてゆけって、私も眠っている間にさらわれたのよ」

「ばーか。嘘をつくなら、もっと上手についていてほしいね……第一に、おれを眠らせた電話ボックス。あつらえ向きに、おれのアジトのすぐそばにあるというのが、おかしいやね。例によって、不二子が裏切ったなと、おれはピンと来た……読者だって、よっぽどお人よしでないかぎり、ははあと思ったにちげえねえ。

ところであの麻酔ガス。ひどい匂いだったよな……どんな高級な香水をつけても、いっぺんにけし飛んじまうほどの。

なぜかあんたは、一分前にふりかけたみたいに、シャネルの5番をぷんぷんさせていた。こいつは妙だと、思わねえこともなかったが……。

ほんのひとしきり、霧がまいたと思うと、あんたはもう消えていた。峰不二子ほどの女を、キャアともヒイともいわせずに、あの岩場からかっさらうなんて、自慢じゃねえがルパン三世くらいのもんだぜ、やってのけられるのは。

だからおれは、あんたとテキがぐるだと思った。

わからねえのは、どうしてこんなことをしたのか……。

おれを殺すつもりなら、チャンスはいくらでもあったはず。

だが、天下の二枚目、カッコマンのこのおれの、脳味噌を発酵させようというんなら……悪かない方法だね。まぼろしと実物を混ぜこぜに見せて、だんだんと混乱させてゆく。発想したのは、あんたか声のぬしか知らねえが……」

「ごめんなさい、ルパン！」

不二子は、おれにすがりついた。まぼろしのときはライダールック、だが今は、先ほどの白いダブルスーツを着こんでいる。そのジャケットごしに、もり上がったバストが、細身のおれを押し倒しそうだ。

「私……私、信じてたのよ」

「なにを」

「ちょっとやそっとで、あなたがおかしくなるような、ヤワな出来じゃないことを……だから私、安心してあの人に協力したの」

「むろん、大金をもらってね」

おれが冷やかすと、不二子は笑った。

「もちろんよ。ビジネスでしょ」

「毎度のこった、いちいちびっくりしやしねえが……お前を雇ったのは、どんな敵だ」

「年がよくわからないの」

不二子は、首をかしげた。

「サングラスにマスクに……車椅子へ座っていて、体が不自由みたい」

「ふうん。だからおれとは、もっぱら声のやり取りをしただけか」

「なんでも、映画会社の人らしいけど」

「そいつは、見当がついていた」

と、おれはいった。

「この島は、どうやら特殊撮影のスタジオらしいんでね」

「あら！」

不二子が目を見張った。

「よくわかったのね」

「見そこなうない」

おれは口をとがらせた。

「さもなきゃ、こうおあつらえ向きに、霧や風が出るもんか。海の水をなめてみたが、塩辛くなかった。しかも、潮の干満がない。渚を掘ると、下はコンクリートの床だ。

テキは最初に、おれに島を探検しろといい、地図を与えた。この地図が曲者でね、ほんの少しずつ、方角を変えて描きこんである……一度道を曲がるたび、十度の誤差を生むようにしておけば、九へん曲がると九十度……直角に向きが変っても気づかねえ。

なにしろこの島は、太陽の当たらない場所に出来てるんだ。

おかげでおれは、小さなセットを大きくカン違いしちまった。トリック撮影と知らずに、トリックシーンへまぎれこんだ主人公だよ、おれは」

「りっぱだわ」

不二子はおれの手を取った。

「あなたに呼びかけていた人なら、調整室にいるはずよ……行きましょう」

おれは、不二子に導かれて、スタジオを出ることにした。

ひと昔前の映画のスタジオには、コントロールルームらしいものはないが、今ではスタジオといえば、フィルムもＶＴＲも撮らなければならない。だからこのスタジオにも、堂々たる調整室が付属していた。

重いドアをあけて、おれが入ってゆくと、調整卓の前に、長髪の男が背を向けていた。なるほど、車椅子に座っているが、その姿勢はいやにぎこちない。まるで、借り物の席についてるみたいだ。

おれはなんともいえぬ妙な感じがした。

どういったらいいか……。

ひと口でいえば、死体を見ているような気になったのだ。

だが、そいつはちゃんと口をきいた。それも、ふり向くことなしに、おれが近づくのを知っていた。ちょっとした剣豪だ。

「見事だ、ルパンくん」

と、かれはいった。

「不二子だけが本物であることを見抜くとはな。おかげでキミは、今も正気でいる……だが、私がなに者であるか、わかるのかね？」

おれは一足飛びに、そいつの前へ回った。もちろん、顔を見てやろうと思ったのだ。サングラスとマスクを、ひっぺがしてやった……しかし、

「あっ」

悲鳴を上げるのは、おれの方だったのさ。

なぜかって？

ああ、そうか。読者のあんたは、車椅子の男が、死んでいると思ったのか。

違うんだよ。違うんだよ。さっきまで生きてた人間なら、まだ理解出来る……。そいつはな、ただのこわれた人形だった！

恐らく撮影で、スターの代わりに崖から落とされたんだろう。白い額には亀裂が走り、顎がゆがんでいやがった。服こそまともにスーツを着てるが、両足は膝からもげてなくなってる。その人形を、人間あつかいして車椅子に座らせておくなんて……。

よく見ると、美しい顔立ちだった。男にも女にも使えるようにこしらえたんだろう。

おれの肩ごしにのぞいた不二子が、はっと息を引くのがわかった。

「これが……この人形が、私に命令したっていうの？」

「おい、おい」

おれは彼女の背を、一発がんとどやしつけた。

「そいつはこっちで聞きてえよ。不二子ともあろう者が、人形と人間の見分けがつかなかったなんてね」

「でもあのときは、たしかに生きてた！」

不二子が、金切り声を上げた。

「サングラスもマスクもしていたけど……人形には見えなかったわ！」

「すると、なにか。生きて、動いてる人間に、この人形そっくりなやつがいるというのか？」

突然、人形の口から、あの男とも女ともつかぬ声が流れ出した。

「それはご想像にまかせよう……」

みっともねえ話だけど、おれも不二子も飛び上がった。

人形は、しゃべり出しただけじゃない。きりきりと車椅子の片輪を回転させ、九十度体の向きを変えたのだ。

あとで考えてみりゃ、簡単なことだ。電動車椅子にラジコンを取りつけ、人形の口にスピーカーを仕込む。それだけの作業で、精巧なロボット以上の迫力を出せたんだから。

「ただ、これだけはいっておく……私はキミ、すなわちルパンに恨みを抱く者だ。ひと月以内、いいかえれば今年のうちに、キミは命を失なうであろうと、予言しておく。ふふ……これでも私の正体が、わからないかね」

話しはじめたとき同様、人形は唐突にしゃべり終え、今度こそ永遠の沈黙を守った。

おれは、拳をにぎった。

「高粱《カオリヤン》だ」

「高粱……白乾児《パイカル》の妹？」

「そうだ！」

きりきりとどこかで音がする。気がつくと、それはおれが歯を噛み鳴らしている音だ

った。

「彼女なら、たしかに、おれをただ殺すだけではあきたりねえだろう。不二子をそそのかして、あわよくばおれを廃人に仕立てようとしたのも、無理はねえ」

「でも……」

不二子はまだ、腑に落ちねえらしい。

「私に命令したのは、写真の高梁と、まるでかけはなれた印象だったけど」

「もちろん、素顔であんたの前に出りゃ、いくらウルトラ裏切り魔の不二子だって、おじけづくにきまってる。

だから彼女は、人形を使ったんだ！」

「あれは絶対、人形じゃなかった」

と、不二子も強情だ。

おれは大喝してやった。

「馬鹿！　催眠術にかけられていたことに、気づかねえのか！　あんたは幻視状態に入っていたんだ！」

幻視。

ないものをあると見て、あるものをないと感じさせる暗示である。

巧妙な術者になると、手足を一本ずつ消したり、首なし人間になったりすることも意のままという。この場合、あるはずの手や首が見えなくなり、それを補って、ないはずのバックの壁や布が見えてくるのだ。

その昔、親鸞上人は波間に南無阿弥陀仏《なむあみだぶつ》の文字を描いたというから、これもりっぱな幻視である。

「だが、へなちょこ相手ならともかく、峰不二子みたいな女に幻覚を生じさせるなんてよ……魔術師の妹、高梁でなくちゃ出来ねえこった！」

そういい切って、おれはにわかに不安になった。

不二子すらかかった催眠術に、どうしておれだけはかからないといい切れる？　かかったら最後、おれは高梁のあやつり人形だ。頭を豆腐の角にぶつけて死ねといわれたら、本気でやろうとするかもしれねえ。

桑原、くわばら。

おれは思わず首をすくめた……。

と、ここまでおしゃべりを書いたとき、遊びにいっていた筆者の辻が帰ってきて、気になるひと言をほざきやがった。

「ははあ、もう出来ましたか。ルパンさん、引っかかりやすいタチですね。ぼくが少しおだてると、すぐその暗示に乗るんだもの」

畜生。

明日から、用心に用心を重ねるぞ。世界中の女は、高梁が変装したものと思いこむことにしよう!

第5話　「ルパン伝」猛撮影中

1

外は師走の冷たい風が吹いていた。

だが、年ごとに史上最高のボーナスを謳《うた》う不況知らずのテレビ局は、もちろん冷暖房完備なので、アナウンサーはほかほかと血色のいい顔で、芸能トピックスを伝えている。

「ええ、竹松映画が来年ゴールデンウィークに封切予定の超大作、『ルパン三世』の主役に、今人気絶頂の沢口研太郎が起用されました。ご承知のように、竹下陽子がけがで引退した後、三原プロの大黒柱として活躍している沢口さんですが、泥棒役は無論はじめて。今後の俳優生活を占う大きな賭けと申せましょう」

「そうかい、そうかい」

アームチェアにふんぞり返って、ルパンの行儀の悪さったら、ない。

北欧風の山小屋の中で、暖炉の火がはぜる音を聞きながら、のんびりアフタースキーのときを過ごしているのだ。

そう、多忙なルパンにだって、こんな優雅な時間がある。

一歩表に出れば、そこは見渡すかぎりの銀世界。師走の風も、街で当たれば寒いだけだが、ゲレンデをわがもの顔にすべった後では、ほてった頬《ほほ》に心地よい。

そう、ここはルパンファミリー専用のスキー場だった。運動神経抜群のかれらだもの、超上級用コースさえあれば、万事ＯＫ。

およそスキーは似合いそうにない五右ェ門でさえ、斬鉄剣をストックに代え、縦横無尽に斬り――ではない、すべりまくった。

そして、一服。

次元も不二子もご機嫌で、思い思いのゲームに興じていた。不二子はトランプ占い、次元はダート。

五右ェ門はと見れば、なにやら古めかしい和書をひもといている。剣豪の残した精神修養書のたぐいだろう。

ひとり退屈なルパンは、テレビをいじり――「ルパン伝」撮影開始の知らせに、接したのである。

「不二子」

「なに」

「三原裕敏が、監督に進出するそうだぜ」

「へえ……どんな映画つくるの」

「『ルパン三世』」

ぷっと不二子が吹き出した。

占いの卦《け》がかんばしくなかったと見え、そそくさとカードをしまいこみながら、彼女はルパンをふり向いていった。

「吉川惣司や宮崎駿に、挑戦しようってつもりかしら。ちょっとムリみたいねえ」

「アニメでやろうってんじゃない……俳優の出るふつうの映画さ」

「じゃ、主役は?」

「沢口研太郎」

とまで話したとき、ブラウン管に、当の沢口がクローズアップされた。アナウンサーが、出演決定の感想を求めているようだ。

「どら……ふうん、あなたの役にはもったいないみたいな美男子ね」

不二子が、のこのこルパンのとなりへやって来た。

「どういたしまして。ぴったりだと思うよ、おれは」

ルパンがうそぶいた。

「声が小さいわ」

音量スイッチをひねると、うつむき加減でぼそぼそいっていた沢口の言葉が、急に大きくなった。

「正直なところ、弱ってるんです」

沢口はひどく自信がなさそうだ。

「当然だろうな。おれの役をやるには演技力が必要だ」

と、ルパン。

「だってぼくは、今まで正義漢とか、メロドラマのヒーローばかりつとめてきたでしょう……悪漢役なんて、はじめてです」

と、沢口。

「イメージが落ちるんじゃないかなあ」

「なんだと」

「三原さんにたのんで、下ろしてもらうつもりだったほどです」

「こ……こいつ！　身のほど知らずめ」

沢口と代わりばんこに、ルパンが憤慨のセリフを発した。

「いうわね、沢口さん」

不二子が笑うのまで、癪《しゃく》のタネだ。

「ちえ、大根のくせに！」

「でも、三原さんになぐさめられました。ぼくの新生面をひらきたいんですって……ルパン役といっても、シリアスじゃなく、むしろドタバタ喜劇でやってほしいというんです……」

「ドタバタあ?」

ルパンが大声を上げたので、次元も五右ェ門も、こっちを見た。

それが合図みたいに画面が切り替わって、次に大写しであらわれたタレントは、三原プロを主宰するスター三原裕敏である。

「すてき」

と口走った不二子が、テレビの真正面に腰を据えた。彼女は、もとからの三原ファンなのだ。

やせぎすだが、その知的な風貌は、さすがに見栄えがする。人気のみ先行した沢口など、かれの前に出ると大人と子どもの違いがあった。

「……ルパンを主人公にするからといって、ぼくはかれを英雄視したりしませんね」

と、三原はきっぱりいった。

「むしろ、そのあべこべです……当人としては、かっこいいつもりで盗んでいるんでしょうが、はたから見れば粋がるだけよけい滑稽《こっけい》に見えるんだ。……ルパンなんて、しょせんイモですよ」

「イモ!」

ルパンが、SLみたいなうなり声を上げた。今にも火の粉を吐いて、テレビへ激突しそうな血相だ。

「だからぼくは、ぼくの映画で、ルパンを徹頭徹尾《てっとうてつび》お茶らかしました。したがって、沢口くんには、ナンセンスな芝居をさせます。ヒーローと世間から見られていた人物が、あっという間に馬脚をあらわし、葬られる……そのため、スター沢口の看板がほしかったのですよ」

「面白そうですが、しかし」

アナウンサーは、ためらいがちに反問をこころみた。

「心配になりませんか」

「なにをです」

「その……ルパンの報復ですよ」

肥満したアナウンサーは、汗かきなのだろう、しきりとハンケチで額をぬぐっては、

「これまでルパンを映画化した作品は、いく本もありましたが、正面からパロディーに取り組んだのは、三原さんがはじめてですから……」

「まったく不安は感じません」

と、三原はいい切った。

「大体ルパンがのさばるのは、みなさんが買いかぶり過ぎるからですよ。ぼくはこの映画で、奴の虚像をぶちこわしてみせます！」

「も、もういっぺんいってみろ」

ルパンは、怒りにふるえる自分の膝をもてあましながら、憎悪にもえた目で、三原裕敏をにらみつけた。

もしルパンが超能力の持ち主だったら、三原は、遠くはなれたテレビ局のスタジオで、この日この瞬間悶絶《もんぜつ》を遂げていたに相違ない。

「テレビに怒鳴っても、仕方ないわ」

「大相撲じゃあるまいし、そこで立って待っていても、二度とはやらん」

不二子と次元がもっともなことをいったが、ルパンは頑固にかぶりをふった。

「ではおれは、映画の撮影現場へ出かけてくる」

「ええっ」

「そして、映画の出来をメタメタにしてやる！」

いい出したら後へ引かないルパンだ。次元は、あきれるのとあきらめるのを半々に示した表情で、

「やれやれ。やっとひまを見つけて、スキーへ来たと思ったら」

「因果な性分だが、かんべんしろ……おれが悪口をいわれるのは、取りも直さず、ルパン帝国への侮辱だからな」

「気をつけてな」

と、五右ェ門は、はじめから止める気がないようだ。

「麓までスノーモービルで行く。メルセデスは、あんたたちが帰るときに、持ってきてくれ」

そそくさといい残して、ルパンは小屋を出ていった。

「いいのかな、ルパン……」

次元は気遣わし気だった。

「なんのことだ？」

「ルパンのやつ、はらはらしてたじゃないか。いつなんどき、高粱《カオリャン》に暗示をかけられるかもしれんと」

「そんなこと、とっくに忘れてるわ」

と、不二子がいった。

「ルパン家の名誉を守るために、頭へ血がのぼっているんだもの」

実際には、ルパンは頭を冷やしていた……いそぐあまり、スノーモービルの運転をあやまって、雪渓へ頭から突っこんでしまったのだ。

「ちぇっ」

ようやく顔を上げたルパンは、体にくっついた雪をふり飛ばした。

いいのか、ルパン。

映画「ルパン三世」に殴りこみをかけるのもよかろうが、背後にしのびよる魔術師の復讐を、忘れているんじゃあるまいな。

2

日に日にテレビ局はりっぱになる。壮大なパーキングスペース、厳重な検問、デラックスなロビー。

スタジオの中もそうだ。タレントの顔がうつりそうにみがかれた床、仰ぐと首が痛くなる吹き抜け、二階のサブコントロールルームは、電子工学の精華のショーケースでもあって、部外者には異星語といいたいほど難解な単語をちりばめた、映像、音声機器が、精密工場さながらに陳列されている。

そこへゆくと、斜陽の声高い映画スタジオはみじめである。はげちょろけた壁、ひびの入ったホリゾント。マイクも照明も、テレビに比べたら、ひと昔前に寿命が終わったような機材ばかりだ。

それでも、俗に本篇という劇場長篇のスタッフは、意気たからかなものがあった。

映画は設備だけでは作れない。打てばひびくスタッフのチームワーク、手作りで血の通った製作現場、出演料と無関係に、役柄を吟味したキャスト等々の協力あってこそ、すぐれた作品が完成する！

三原裕敏の初演出も、スタッフを重視したようだ。いいかえれば、高給の、職人芸を誇るカメラマンや、照明技師が集められ——その結果、出演料に回される予算は、きわめて乏しくなった。

そんな家庭の事情が、プロデューサーである三原プロの上島に、次のような新聞広告を出させたのである。

> ルパンと戦ってみませんか？
> あなたも映画に
> クローズアップされる
> アクションタレント大募集！

いくらコメディーでも、ルパンが主人公だから、当然のこと活劇シーンはある。そこへ本格的な訓練を受けたスタントマンや猛優を雇ったら、たちまち予算は苦しくなる。

そのための素人大募集だろう……だがルパンは、スキーに行っていたから、そんな広告が出たことを、全然知らなかった。

（どうやって撮影所へ乗りこむかな。まあいいや、出たとこ勝負だ）

なにも日銀へ潜入しようというのではない。ルパンの目から見れば、映画スタジオなんて、アクアラングを装着した潜水だ。いつでもどこからでも、かるく潜りこんでみせる。

リラックスした気持ちで表門をのぞいたら、老眼鏡の下で目をしょぼつかせた老守衛が、

「なにをぐずぐずしとる……早く入って、入って」

といった。

「え？」

「あんた、ルパン三世じゃろが」

ずばり、名指しされたので、ルパンも少々驚いた。そんなにおれの顔は売れてるのかな……礼儀としても、変装してくるべきだったかしらん。

「まあそうだけど」

「ではいそぎなさい！　あのスタジオじゃ、4とペンキで書いてあるじゃろ。まだ間に合う」

手首を取られ、引きずりこまれてしまった。

さあわからない。

じいさん、なにかカン違いしてるらしいが、まあいいや……いそげというんなら、いそいでやろう。

ルパンはあたふたと第4スタジオへかけつけた。小さなくぐり戸を通ると、わーんというノイズで、耳をふたされたみたいだ。

（な……なんだ、こりゃ）

一隅のスピーカーからロックのリズムが洪水のようにあふれていた。

その前にマットがなん枚も敷かれていて、「ドリフの全員集合」よろしく、下手《しもて》から走ってきた若者たちが、次から次へトンボを切っている。

中にはルパンが、

（うまい）

と目を見張る男もいたが、大半はあわれというか愚かというか、空中で一回転したと思うと、首や背中をたたきつけ、

「げえ」

とかなんとか、カエルを踏みつぶしたような声をはなっている。

（まるで体育のテストだ）

事情を知らないルパンとしては、スタジオの一部が体育大学に払い下げられたかと、早合点したほどである。

「おい！　そこのほそいの」

公園のホームレスだって、もう少しましな髪をしていると忠告したいほど、もしゃもしゃの頭の男が、こっちを見て声を張り上げた。

それがどうやら、自分のこととわかって、ルパンはあわてた。

「はい」

「はいじゃないよ。トンボすんだのか」

「まだ……」

「だったらグズグズするんじゃない」

「はあ」

生返事してマットの方へ行こうとすると、もしゃもしゃが、呆《あき》れたようにいった。

「その恰好でトンボかよ」

「いけないか？」

深雪地帯から帰ったばかりのルパンなので、コートで厚着する気にもなれず、いつもの赤のブレザー姿だ。

「募集要項に、運動しやすい服装とあったろう。読まなかったのか」

「読まなかった」

もしゃもしゃは、匙《さじ》を投げたように、

「まあいいや。鍵裂きこしらえても、おれのせいじゃねえからな……あとで恨んでくれるなよ」

行け、というふうに手をふったので、ルパンは素直にマットへ走っていった。あいかわらずロックの洪水はつづいている。

そのリズムに乗って、かれはひょいとジャンプした。


あざやかな空中一回転！

ブレザーの赤がひるがえったと見れば、

ルパンは今度は後ろざまに、

これまたみごとなトンボを切る！

勢いづいたルパンは、まわりの連中が見とれているのをいいことに、ひとりでマットを占領して、宙を飛び回った。

それはまるで、無重力状態で行なうアクロバットだ。

並みいる受験者も、審査に当たっていたスタッフも、ひとり残らずルパンの妙技に圧倒されて、口をあけっぱなしにした。

ボリショイサーカスか、京劇か。

それともこいつはスーパーマンか。

はたまたアニメのヒーローか？

ルパンはぴたりと演技を停止した——マットの上に立ったかれが、息さえはずませていないのを見て、スタジオ中に嵐のような拍手が起こった。

ひときわ高々と、喝采を送ったのは、審査委員長格の三原新監督である。

「見事だ、きみ」

「なんの、なんの」

演技が受けたのを知って、ルパンは上機嫌だ。

「まだ、ひとつふたつテストがあるが、きみなら受け合い合格するだろう……見たところ、本物のルパンにも似てるじゃないか」

「そうスかねえ」

「先日の、竹下くんの結婚式中継で本物の顔を知ってるんだが……そう、瓜ふたつといってもよさそうだ」

「ルパンが、おれと？」

ルパンは、わざと声を張り上げた。

「そりゃなにかの間違いだ……ルパンよか、おれの方が、ずっといい男です」

苦笑した三原は、ルパンの肩をたたいた。

「今回は沢口主演だから、きみを主役にするわけにはゆかないが、いずれ続篇をつくるときは、たのむとしよう……もちろんその場合、きみの美貌に合わせて、シリアスなメロドラマに」

「社会派でもけっこうですがね。ははは、そうスか、シリアスにねえ」

ルパンもちょろい。

三原に文句をつけた上、撮影現場を引っかき回してやるつもりだったのに、あっさり相手にまるめられてしまった。

「ま、おれだってデビュー早々主役がほしいとはいわないスよ。アクションシーンだけで我慢しときます」

そのとき背後にどっと歓声が上がった。だれかがまた、名演技を披露したと見える。

ふり向いたルパンは、コンクリートの電柱みたいに、全身をかたくした。

たしかに、マットの上で演じられている空中回転は、ルパンに劣らぬ華麗なものだ。

だがルパンが驚いたのは、その曲技に対してではない。

鼻下にひげを生やしているから、すぐに見て取ることが出来なかったが、演技の途中で静止したさまはたしかに、

(銭形のとっつあん!)

さすがはＩＣＰＯの指令を受けて、ルパンを追い回す腕っこきだけはある。

　中年のトシをものともせず、ルパンに迫る名技をふるまったとっつあんに対し、若者たちから、惜しみなく拍手が送られた。

「いや、こちらもすばらしい！」

　三原は、銭形の肩を抱かんばかりにして、ルパンの前へ連れてきた。

「ふたりともに、これまでの最高得点者だ。おそらくロケの現場では、きみたちを中心に戦ってもらうことになる」

「よろしく」

　とルパンがいい、

「よろしく」

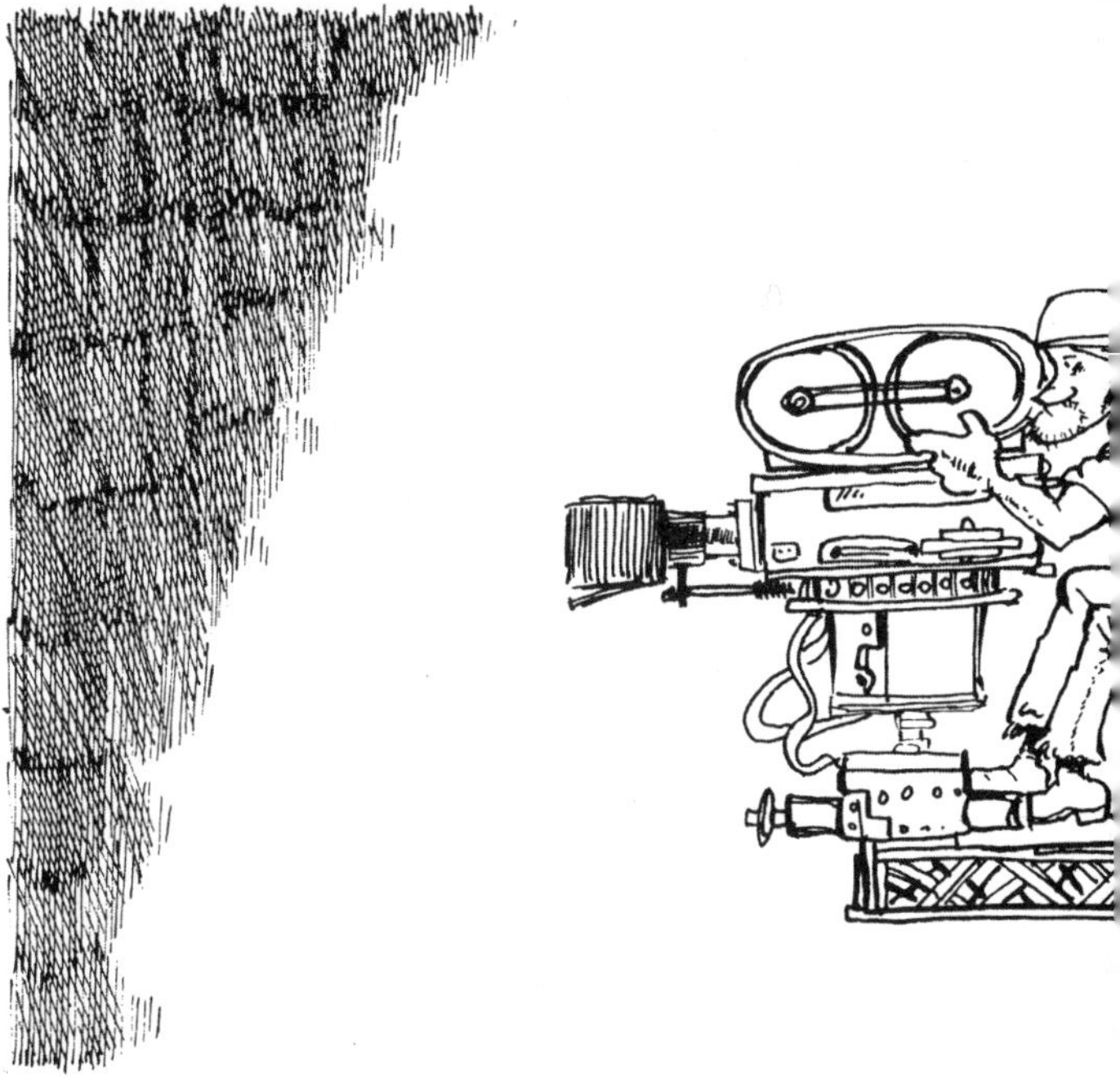

と銭形が応じた。

言葉は短いが、互いに見かわす目と目の光は、これを暗号並みに解読すると、複雑きわまりない。

（ふふふ、ルパンめ……推測したとおり、やって来たな）

銭形はほくそ笑み、

（しつこいね、とっつあん。おれがこの映画に茶々を入れるのを見越して、網を張ったのか。年寄りの冷水だよ）

ルパンはうんざり気味である。

（覚悟しろ。尻尾を出したそのときが、お前の運の尽きだ）

(そうは問屋がおろすものか、リューマチにならねえうちに引き揚げな)

パチパチと、ふたりの視線がスパークした——そのふたりを、たのもしそうに見くらべる三原であった。

3

空も海も、鉛色だった。

あるべきはずの水平線がぼうとかすんで、空と海、共に激しく吼え猛っている。

厚い雲から吹き下ろす突風が、波がしらを白くまだらに染めかえた。

それでなくとも肌に突き刺さるようなこの季節、よりによってロケ地は岬の先端である。

斜面をどこまでものぼっていくと、ふいに陸が尽き、見下ろせば垂直に視線が舞い落ちて、荒れくるう水面まで、さえぎるものはまったくなかった。

三原が、風に抗して大声を上げる。

「シーンナンバー26、カットナンバー68!」

映画に入る前は、舞台に立ったこともある三原だ。きたえられた声が、スタッフ、キャストの耳にひびくと、ルパンも少しは緊張した。

（出番だ）

スイスの銀行にしのびこんだときでさえ、これほど神経はピリピリしなかった。やはり本職と余技では、心がまえが違うらしい。

となりに立っている銭形を見ると、これまた頬が引きつっている。

（ぷっ。とっつあん、上がってらあ）

そう思うと、いくらかルパンも気が休まった。

カメラのレールを敷いていた助監督が、三原にＯＫの合図を送った。

「ではリハーサル、ゆこう」

手真似でルパンと銭形を集めた三原は、口早に説明した。

「大遠景で、あなたたちの格闘するシーンを写す……現像後、編集の段階で岩角をころげ回る沢口のカットをはさむ。すると観客には、戦っているどちらかが、沢口くんのような錯覚が生ずる。いいね……そのとき崖の突端がくずれ、ふたりは取っ組み合いながら、海中へ沈む。……と、ここまで、プロローグの一部として使いたい。シャーロック・ホームズと、モリアーティ教授が格闘して、ふたりながら死んだように報道される話があったね。あのセンでゆきたいんだ」

ミステリーのヒーローとしてのライバル、ホームズを引き合いに出されるのはおもしろくなかったが、監督の狙いは、おおむねわかった。

「では、たのむよ」

擬闘——肉弾戦の振付も、ルパンと銭形にまかされたので、ふたりは小声で打ち合わせした。

「ここでおれが、右手をふり上げたら、顎《あご》へきめてくれ」

「了解。俺があんたの懐へ飛びこむ、そこへ足払いをかけるんだ」

警部と怪盗が殺陣《タテ》の打ち合わせをしている図なんて、よく考えると珍妙きわまりないけれど、ふたりは大まじめである。

「リハーサル、ゆこう」

三原の声が飛ぶ。

ルパンと銭形は身がまえた。

監督が台本をふった。

それを合図に、組んずほぐれつするふたり。銭形がルパンを投げると、あざやかに宙返りしたルパンが、崖のぎりぎりの場所へすっくと立つ。

小道具とメーキャップ係が、パラパラと拍手を送ってくれた。

(注意しなくちゃならんのは第一にこの女だ)

と、戦いながらルパンは考える。仲間の前ではそ知らぬ顔をしていたが、その実ルパンは、高梁に復讐される身であることを、一日たりとも忘れたことはない。

ロケ隊にルパンが参加したのは、高粱にとってこの上ないチャンスだろう。

（いつかきっと、彼女があらわれる！）

そのときおくれを取らないため、ルパンはあらかじめロケ隊の性別を調査していた。見たところ女はメイク係と、スクリプターのふたりだが、魔術師のことだ、タカラヅカみたいに男に化けていられてはかなわない。

幸い、長期のロケには、必ず入浴の機会がある。慎重にルパンは、浴室へ向かう相手をえらんだ。

上島プロデューサーも三原監督も、堂々たる「男」であった。それにくらべると、沢口は若干しょぼくれていたが、女でないことはたしかだった。

（カメラマンも、照明も、音響も……）

ひとり残らず、正真正銘の男性であった。共演者も虱《しらみ》つぶしにした。おかしかったのは、銭形のとっつあんが、偉大なる出べその持ち主であることを発見したときである。

残るはふたり、女性として登録されているスタッフだった。

（ひとりがメーク、もうひとりは）

熱心にふたりの演技に視線をそそぐ、三原のとなりに首からストップウォッチを下げた女性がいる。これが助監督兼用のスクリプターだ。

撮ったカットの長さや内容が記録してなければ、編集して一本の映画につくるとき、どうにもならない。

そんなこんなで、スクリプターは、撮影になくてはならぬスタッフの一員であった。

……今のところ、メークもスクリプターも、疑わしい節はなかった。

（おれの考え過ぎだろうか）

銭形のパンチを腹に受け、体をくの字に折りながら、ルパンはそんなことを思ったりする。

しかし、かれの長年鍛えたカンは、危機迫るの警報を、強烈に発しつづけていた。

用心するにしくはなかったが、なんといっても目の前に、強敵銭形までいるんだもの。

「ぐえっ」

そのとっつあんが、したたかルパンのキックを浴びて、キリキリ舞いをした。

（うぬ、ルパン！）

と銭形は、内心歯がみを繰り返している。じれったい話だ、こうやって宿敵と殴り合いを繰り返しているのに、逮捕に踏み切れないなんて。

この映画の企画を聞いたとき、銭形は一番に膝をたたいた。

（そういうことなら、きっとルパンはあらわれる！）

ルパンの性格を知りつくしている銭形は、そういい切って、単身アクションタレントに応募した。

銭形の目に狂いはなかった。ルパンはのこのこやって来た。だが、かれが本物のルパンであると立証する方法がない。心ならずも銭形は、当分かれを泳がすことにきめていたのだ。

「がぼっ」

銭形の空手チョップが、ルパンの首筋に打ちこまれた。

その第二撃をひっぱずして、体勢をととのえるルパン。

（あ？）

ルパンの全身に、悪寒《おかん》が走った。

（いよいよ、来る）

高梁の復讐の罠が、すぐそこに！

第六感に胸のたがをしめつけられて、ルパンは、格闘中であるにもかかわらず、あたりを見回した。

メイク係の女は、手に汗にぎるといった表情で、観戦していたし、スクリプターは計った演技時間を伝票へ書きこむ作業に忙しい。

（違うんだ、こいつらじゃねえ）

ところがそのとき、ルパンは気づいた。監督三原裕敏の顔に、形容し難い奇妙な笑い

がただよっているのを——。

（はてな）

ルパンは、一瞬目にトゲが刺さったような気分になった。

　だがその不安を再確認するひまはなかった。ルパンと銭形を乗せた崖の先っちょが、にわかに猛烈な横揺れをはじめたからである。

「わっ、み、三原先生！」

　立っていられなくなって、ルパンと銭形はその場に尻餅をついてしまった。こいつはひでえ……マグニチュード10くらいあるんじゃねえか。

「あぶない、ルパン」

銭形が大あわてでルパンの腕をつかみ、引きもどした。ルパンの前を、電光のような地割れが走る。

「うわあ」

こんな亀裂にサンドイッチされたら、ルパンのハムが出来るだろう。

ルパンは銭形に抱きついて、仰向けに岩角へ倒れた。

「す……すまん、とっつあん」

「お前にこんなところで死なれては、おれの生き甲斐がなくなるからな」

といってから、銭形はルパンをまじまじと見た。いそい

でひげをつけ直しながら、

「おれだとわかって、いっしょにロケをしていたのか」

「浮世の義理はつらいもんね」

ルパンは、にやりとした。

「せめてこの映画が完成するまで、おれはルパン三世によく似た活劇タレントで通したい。そういうあんたも、同じだろう」

ルパンに反問されて、銭形はしょっぱい顔をした。

「まあ、そうだ」

答えたと思うと、ひげがはがれて、銭形はあわてた。崖がふるえ、銭形の体がふるえ、鼻の下がふるえ、結果としてひげが落っこちたのである。

「うわわわ」

と、ルパンが奇声を発した。

「ななななんだ」

と、銭形もわめいた。

「こここりゃ、どどどういうわけだ！」

「がががけが、うううごき出したぞ！」

と、二部合唱の悲鳴がはじまる。

驚くべきことには、岬の突端が、ルパンと銭形を乗せたまま、ぐいぐいと走りはじめたのである。

西と東に泣きわかれた、片割れの岬の上では、映画スタッフの面々が、さして驚く様子もなく、遠ざかるルパンたちを見送っていた。

それどころか、カメラマンはいたって職務に忠実に、こっちへカメラを向けている。

こっち——というのは、今陸を離れつつあるマンモスタンカーのことだ。

「タ、タンカー！」

ルパンが目をまるくした。

あきれたことに、岬の先っちょは、広大な五十万トンクラスのタンカーの甲板に建設された、オープンセットであった。崖すれすれに接舷《せつげん》していた巨船が、沖へ向かって航行を開始したために、岬はぱっくりふたつに分割されたのである。

タンカーはますますスピードを増した。崖の上に立つスタッフの姿が、豆粒のようだ。

「やられた」

セットから甲板へ飛び降りて、ルパンはうなった。

「やつら、はじめからこのおれが目当てだった……あいつら残らず、グルだったんだ！」

「はじめから？」

銭形が目をぱちくりさせた。

「沢口主演の『ルパン三世』の企画がか」

「それに違いない。おちょくられたおれが頭へ来て応募することが、やつらにはわかっていたんだ！　だからこんな、大がかりな仕掛けをしておいたのさ」

「かもしれんな。お前が潜りこむことは、おれにだって想像がついた」

「とっっあん、あんたもカモにされたんだよ」

「なに、おれも？」

「ああ。テキは暗黒街の魔術師だ。やつにとっては、あんたも目の上のコブだからな……変装して潜入したのを幸い、まとめて始末しようとしたのさ」

「暗黒街の――？　というと、白乾児《パイカル》が、この事件にかんでいるのか」

「白乾児は死んだよ。やつが火に包まれるのを、おれはこの目で見た……だが、妹の高梁は生きている」

ルパンは、軽井沢の騒ぎの最中、不二子が高梁の写真を撮ったことを話した。

「ふうむ」

がらんとした甲板は、一隅にそびえるセットをのぞいて、アクセサリーらしいものはなにもない。ただ端から端まで、無表情なパイプが、いく本かの平行線を引いて走っているばかりだ。

ひやり冷たいデッキに座りこんで、銭形は嘆息した。

「それにしてもなあ……沢口や三原まで、高梁に操られていたんだろうか」

「沢口は違うかもしれん。だが、三原はたしかに、高梁の仲間だ。かれなら、竹下陽子に高梁を近づけることが出来た……沢口にいいふくめて、おれを怒らせるような言葉を吐かせることも出来た」

「すると高梁は、メイクかスクリプターか……どっちもかわいい顔立ちだったな」

「メイクは面長、スクリプターは丸顔。顔の形からいや、美粧係の方が高梁に似ているんだが」

「しかし、白乾児の妹ともなれば、顔の形どころか背丈だって細工するだろう」

陸から遠く離れた船の上で、いくら頭をひねっても、解決出来る問題ではなかった。

「そもそも高梁は、おれたちをどうするつもりなんだ」

「わからん……」

ルパンは船の最後部に見えるブリッジを指していった。

「とにかく、あそこへ行ってみようや」

「そうだな。船長をとっちめれば、タンカーがどこへ向かっているのかわかる」

銭形も立ち上がった。

「船長をねえ……そんな人間が、見つかればいいが」

「あ?」

ルパンの言葉に、銭形は顔をしかめた。空は青いが、波間を渡ってくる風は、肌をナイフで切り刻むようだ。

「どういうこった」

「こいつもおれのカンだが……無人操縦みたいな気がする」

ルパンのカンは適中した。

小さなブリッジには、人っ子ひとり見当たらなかった。

食料もなく、水もない。

後楽園球場ほども広いデッキにただふたり、ルパンと銭形は途方に暮れた。いったい高梁の狙いはなんだ。

(飢え死に?)

だはは! そんな苦しい死に方はまっぴらである。

「ほうっておけば、陸は遠くなるばっかりだ」

ついにルパンは、一大決心をした。

「救命ボートも通信装置も取り外されている以上、泳いで助けを求めるほかはねえ」

「この寒空にか!」

銭形は驚いた。

「冷蔵庫にしめこまれたネズミみたいになっちまうぞ」

「おれの体は鍛えてあるんだ」

とルパンは、スリムだが要所に筋肉のもり上がった体を、たたいてみせた。

「いつも女の子を脱がせてばかりいるおれだ……たまには脱いで罪ほろぼしがしてえ。こう見えたって、スーパーヒーローのはしくれさ、万一、辻がおれを凍死させたら、モンキー・パンチが黙っちゃいまい！」

自信あり気に、かれは服を脱ぎ捨てた。とたんに、

「ハーックショイ！」

くしゃみが出たものの、今になっては後へ引けない。

「心配するな、とっつあん。ほうらまだ陸地が帯のように見えるじゃねえか。おれのスピードなら……」

いいかけてルパンは、ぎょっと息をのんだ。

「サ、サメだ」

映画『ジョーズ』でおなじみになった、不吉な黒の三角形、サメの背びれが、いくつもいくつも、タンカーの周辺に突き出している。

「やっぱり、止めとこう」

弱気になったルパンは、すごすごとまた服を着こんだ。

「まだおれは、エサになりたくねえ」

4

「……」

ルパンがいうと、

「……」

銭形が答えた。

「……？」

「……！」

「もっと大声で」

「え？　聞こえない」

ひと言しゃべるのも大儀な様子。

無理もなかった……これでもう、三日三晩飲まず食わずのふたりである。

幸いにわか雨があったので、辛うじて渇きをいやすことは出来たものの、空腹の方はどうにもならない。

ひとりが、

「ハラへった」

といい、もうひとりが
「ペコペコだ」

といい、互いに顔を見合わせて、

「?」

「?」

必死の努力で体をすりよせ、同じ言葉を繰り返し、

「なんだ、同じことといってたのか」

「バカバカしい、聞くだけハラへった」

という始末。

あらあら、ずいぶん小さな活字を並べてしまった。もし読者の中で、この字が読めない人がいたら、あまりのガリ勉のため仮性近視になったのかもしれない。双葉社や筆者に文句いうより先に、眼医者へ行くように。なに、あんたはインベーダーゲームをやり過ぎたというのか。おくれてる!

くう……。

どこかで虫が哀し気に鳴いた。

秋はとっくに過ぎ去って、ましてここはタンカーの上。鳴く虫といえば、ルパン、銭形の腹の虫にきまっている。

（畜生）

ルパンは、銀色のパイプにかぶりつきたくなってきた。五メートル向こうでへたばっている銭形が、打ち上げられたマグロに見える。マグロか……。

ルパンは、よだれを垂らした。

トロでもシビの上物でもいい、おろし立てのワサビ醤油につけて、ぽいと口へほうりこむ。あのとろりとした感触が、ワサビのぴりりと小気味のいい辛さと連れ添って、のどの奥をすべってゆく一瞬の心たのしさ！

銭形のとっつあんでは、下魚の部類だが、食べないよりましだ。思わずルパンは、とっつあんの首をしめたくなった……。

まったく同じ瞬間、銭形は、ルパンの姿から痩せたシャモを連想していた。

肉は硬そうだが、この際我慢しよう。かるく湯がいて鳥わさにするもよし、栄養不足をおぎなう意味で、こってりパン粉にまぶしてフライも悪くない。いっそネギや豆腐と一緒にたたきこみ、シャモ鍋をつつくか。そうしよう……。

銭形も、ルパンの首をねらって、匍匐《ほふく》前進を開始した。

血走る目で相手の顔を見たふたりは、そこに自分とまったく同じ形相を発見して、愕然となった。リハーサルでも映画撮影でもない、食うか食われるかの活劇が今にもはじまりそうだった。

死に物狂いで理性を働かせたルパンは、骨が目立ちはじめた手を上げた。

「ま……待て」

「なんだ」

「高梁の、意図が、やっと、読め、たぞ」

「な、に。高、粱、の」

やたらに句読点があるのは、誤植ではない。筆者の水ましでもない。息たえだえのふたりであるから、呼吸がつづかないのだ。どうか読者におかれては、山田康雄と納谷吾朗になったつもりでお読みいただきたい。

「あいつは……おれたちが食い合うのを、見ようとしてるんだ……」

「すると、どこかにかくしカメラが？」

敏腕警部だけあって、話が早い。銭形は、ポキポキ音を立てそうな首をめぐらせて、あたりを観察した。

「ブリッジが、あやしい」

「あの、霧笛だな」

ルパンも気がついた。

操舵室《そうだ》の屋根に近く、霧笛がふたつ並んでいる。ステレオじゃあるまいし、ラッパはひとつあれば十分のはずだ。きっと、どちらかにズームを装備したテレビカメラが仕込まれているのだろう。

だがふたりには、それと見当がついても手のほどこしようがなかった。

「こうなりゃ、意地だ」

ルパンは、肩で息をつきながらいった。

「死んでもとっつあんは食ってやらねえ」

「おれだって」

銭形はぜえぜえとのどを鳴らした。

「きさまみたいな、煮ても焼いても食えん男が食えるか」

「な……仲よくしよう」

「いいとも……どうせ死ぬなら、平和のうちに……な」

ふたりはのろのろと手をさしのべ、ふわふわと握手した。

――と、ルパンのその手に、にわかに力がよみがえった。

「食いもんが、ある!」

「えっ」

「あの上!」

ルパンが指したのは、崩れかかっている崖のセットだ。

「あそこには、土が盛ってあった……草が生えていた」

「あっ」

銭形はがばと立った。目をらんらんと光らせて、

「うおう」

餌に飛びかかる狼のポーズで、ダッシュする警部を追って、

「ずるいぜ、とっつあん！　思い出したのはおれだ！」

「黙れ、世界的犯罪者」

と、銭形は一喝した。

「腹に力の入り次第、きさまを逮捕する！」

「これだから体制側は油断ならねえ！」

組んずほぐれつ、争いながら崖をよじのぼるルパン、銭形をテレビカメラにとらえて、さぞ高梁は腹をかかえていることだろう。夢中でふたりは、雑草を頬張った。

味もくそもない。せめてキッコーマンかキューピーでもあったら（註、CMではないよ）と思ったが、腹と背中がくっついている身としては、贅沢《ぜいたく》は敵である。

「ふうっ」

「食った」

食ったというか、飲みこんだというか、ひとまずそこに腰を下ろしていると――。

ごおっ。

空に風がはためいた。

いつの間にか、ガスがかかっている。体にねっとり、まといつくような湿気に、ルパンはぶるっと身ぶるいした。

あたりは夜のように暗い。

「いやな天気だ……船倉へ降りようぜ」

ルパンが腰を浮かしたとき、それははじまった。

「ははははは!」

天地をどよもす笑声とは、このことか。

「うわっ」

「ひやあ」

怪盗と警部が呼吸を合わせたように尻もちをついたのも、当然だった。

見るがいい、空一面に拡大された白乾児の顔!

「わはははは! ルパンよ、私の顔におぼえがあるかね」

そんなはずはない。

ないといったら、ない……白乾児は死んだ。あの猛炎の中から再生出来る者といった

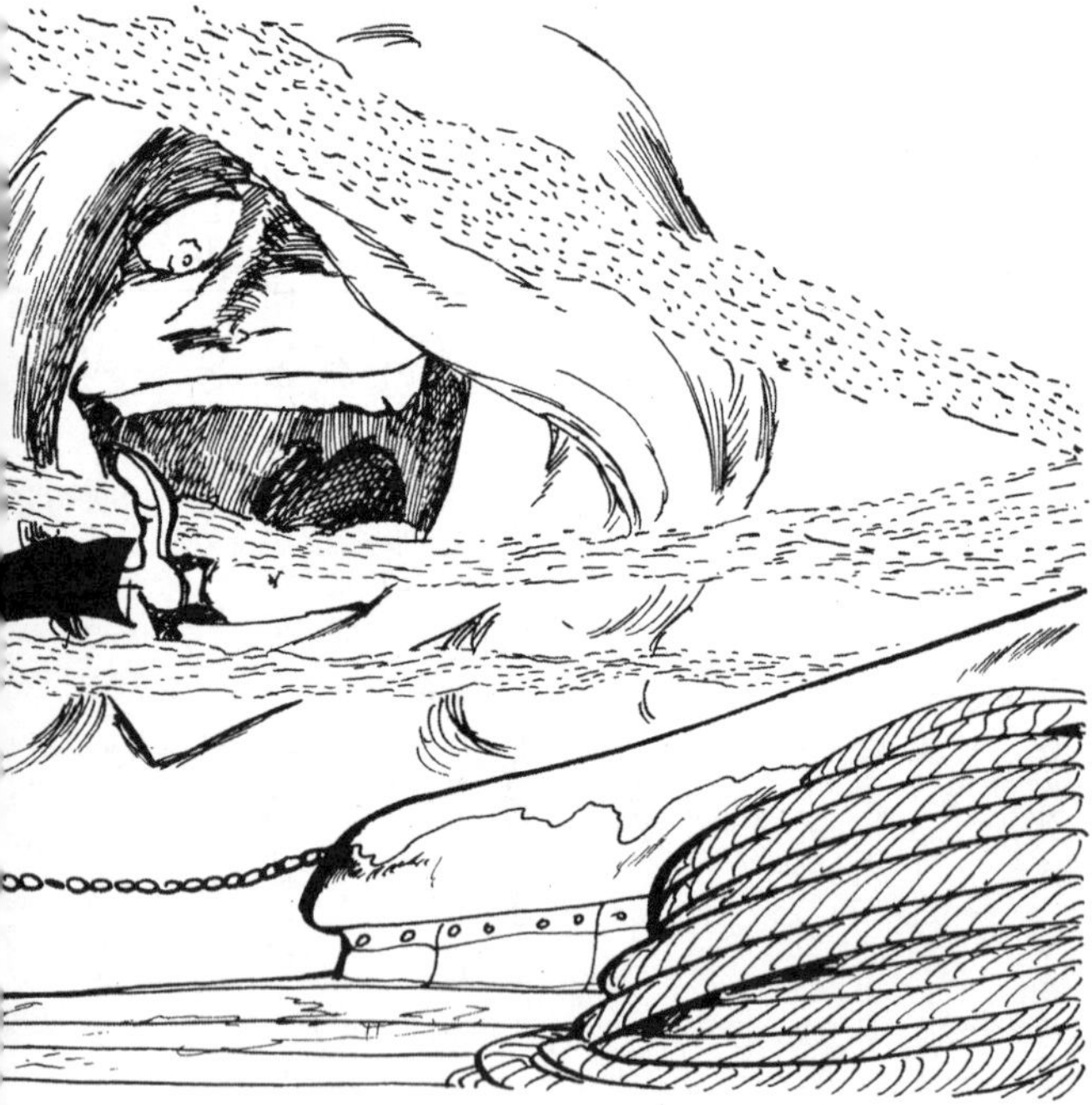

ら、手塚治虫の火の鳥だけだ。にもかかわらず、濃霧のスクリーンに登場した白乾児は、まぎれもなく生きていた。

「ごまかしても、だめだ！」

ルパンは怒鳴り返した。

「高梁、姿を見せろ！　きさまの目くらましに違いない！」

たったこれだけ叫ぶのにも、心臓のねじ曲がりそうな恐怖が、ルパンの額を汗でぬらしている。

とたんに白乾児の顔は消えた。

「ほほ……ほ」

代わってカン高い女の声

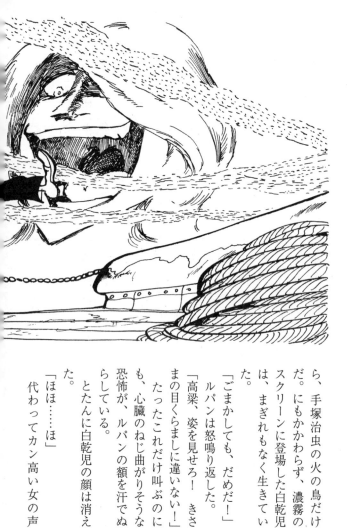

が、するどく上がった。

「そう思うのは、お前の勝手。でもこれが、白乾児の復讐計画であることはたしかだわ……ほうらごらん！　お前のために夜界からよびよせた怪物の姿を」

がおおーん。

奇怪な咆哮《ほうこう》が、ルパンの背後に起こった。

反射的にふり向いたルパンは、体中の毛が逆立った。

そこにいた怪物は、三つの顔と六本の手を持つ、阿修羅像！　すでに銭形の姿はない。海へたたきこまれたか、甲板で血へどを吐いているのか、いずれにせよ、ただ一撃で屠《ほふ》られたものと思われる。

「ち……畜生！」

いくら世界的アクロバットの名手でも、ワルサーP38のガンプレイの達人でも、相手が想像を絶する超人では、勝ち目はなかった。

がおーん。

また、阿修羅が怒号した。顔のひとつがくるんと回って、憤怒の相から吐き出す紅炎。

「あちち！」

ルパンは一歩後退した。

後がない……足を踏み外せば、ジョーズの待ちかまえる海にドブンだ。

「やられてたまるか」

土をつかんだルパンは、えいやと相手の顔に投げつけた。予想外に、これが効いた。どういうものか、三つの顔が一度に目をぱちぱちさせて、阿修羅はたじろいだ。

「⁉」

そのときルパンの頭にひらめいたことがある。

がおおーん！

六本の腕をかざして殺到する阿修羅に向かって、ルパンはにやりと笑ったのだ。

「銭形のとっつあん。二枚目になったねえ！」

　言下に――。

　阿修羅像は、ビデオテープの編集を間違えたみたいに、ぱっと銭形の姿にもどっている。

「びっくりしたぞ、ルパン」

　と、銭形はぼやいた。

「出し抜けにお前が血相を変えて、土をぶつけたりするもんだから……」

「わりい」

　ルパンは苦笑した。

「催眠術にかかっちまった。とっつあんが、三つの顔のバケモノに見えたのさ。ところがおれが土をぶつけると、三つの顔がセットで目をパチパチするじゃねえか。さてはだまされて、ひとつのものが三つに見えてるんだなと気づいたんだ」

「ほめてあげるわ、ルパン！」

　闇々たる空のどこかで、高梁の叫び。

「では今度は、どう防ぐの」

　声もろとも、ふたりの左右にあらわれたのは、どっちが高梁かわからない、メイキャップ嬢とスクリプト嬢である。手に手に、銃をつかんでいる。

「私が高粱！」

と、白衣の美粧係が高らかにいった。

「私も高粱！」

と、ジャンパーの美女が勝ちほこっていった。

「ルパン……お前の最期です」

とこれは、ふたりが同時に口にした言葉である。

「音声多重装置つき高粱ときた」

軽口をたたきながらも、ルパンの背後に冷たいものが流れてゆく。

ひとりの銃口はルパンの胸、もうひとりの銃口は足を、それぞれ分担して狙っていた。いかにルパンの早わざでも、弾丸より早いスーパーマンとはゆかない。一発をよければ、べつの一発が、ルパンの体に穴をあけるだろう。

「ルパン、大丈夫か」

銭形が、不安気にささやく。

「大丈夫じゃねえが……なんとかするさ」

「こいつらもまぼろしかな？」

「撃たれた後で、本物とわかっても間に合わねえからなあ」

ふたりの女の指が、引き金にかかった。

「ルパン」

　だれやらルパンを呼ぶ声がする。

「ルパン！」

　昏迷《こんめい》のうちに、ルパンははっと、その声の主を思い出している。

（不二子！）

「ルパン、逃げるのよ……まっすぐ前へ！」

　不二子はそう叫んでいた。

（まっすぐ前だと）

　冗談きつい、とルパンは思った。前へ進めば、地面はたちまちちょん切られている。

　四日前までは、たしかにその先に岬があったのだが……。

「いそいで！」

　声が迫った。

「前へ、ルパン！」

「わかった、不二子」

　どういうつもりで前進したのか、ルパン本人にも納得ゆかないが、とにかくかれは前へ走った。

「あっ、あぶない！」

銭形の声を背に聞いて、ルパンが宙へ飛び出したとき、二発の銃声があたりにこだまして、しかもルパンの両足は、しっかと大地を踏みしめていた！

5

「ふえっ」

奇声を発したのは、当のルパンである。

「なんてえこった！」

メロンがまるごと入りそうな口をあけて、ルパンはつくづくと見た。

そこはもとの、崖の上だった。

岬はちゃんとくっついていた……呆然と、ルパンの後ろに立っている銭形。

「タ、タンカーはどこへ行った。サメの大群は」

「この三日間の漂流は、幻覚だ……おれたちは、催眠暗示にかけられていたのさ」

と、ルパンのほろ苦い笑い。

「おなかをさすってみろよ。これが三日間、ろくに食いものを入れてない胃袋か？」

「そういえば」

銭形は素直に腹にふれてみて、

「あんなに腹が空いていたのが、嘘のようだ……」

「さすが、ルパン」

五右ェ門が、斬鉄剣を鞘におさめながらいった。その足もとに、メイキャップ嬢が倒れている。

「やったのか、五右ェ門！」

「いいや……間に合わんと見て、剣を投げた。ただし、柄を先にしてな。首の急所に命中したから、当分眠ったままだろう」

「こっちはマグナムさ」

と、失神したスクリプト嬢の横に立って、次元がいった。

「ピストルをかまえた腕に、当たらんように撃ってやった。マグナム弾が通過する、衝撃波だけでおねんねだよ」

「よく来てくれた！」

ルパンが白い歯を見せた。

正面で胸をはずませている不二子に、

「あんたの声が聞こえなきゃ、おれはまだ暗示にかかったままでいただろう。よく考えりゃ、気がつくべきだった。三日もたったのに、無精ヒゲが生えないのかとね」

「恐ろしい女でした……」

ぽつんと口をはさんだのは、三原裕敏監督である。カメラマンも、照明係も、ぼんやりともとの位置に立ったままだ。

「われわれは、みな高梁に踊らされていた……半睡半醒《はんすいはんせい》の精神状態で、みすみすおふたりが、罠に落ちるのを傍観しておったのです」

「いったい、どちらが本当の高梁なんだ？」

銭形の質問にも、三原は首をふるばかりだ。

「わかりません……われわれに対して、どちらも自分が高梁だといっていましたから」

「高梁が、もうひとりに暗示をかけて、スタンドインをつとめさせたんだわ！」

不二子がいうと、銭形はうなずいて、

「止むをえん。とりあえずふたりとも、捕えることにしよう」

「その必要はないね」

といい出したのは、ルパンである。

「なに」

「あら」

ふしぎそうに、みんながみんな、ルパンの顔を見る。

「ふたりとも、にせの高梁だよ……さもなきゃ、五右ェ門や次元のいうように、早とちりで気絶するもんか」

「では、高梁はどこにいる」

と、銭形がつめよった。

「ここにいるスタッフは、ふたりを除いて、完全な男ばかりだぞ！」

「そうさ、男さ」

ルパンはいった——。

「だから高梁は、どこにもいない。いるのは白乾児……あんただけ」

ルパンがにらみつけているのは、三原裕敏その人である。

「私が？」

きょとんとした三原は、やがておもむろに哄笑した。

「これはおかしい。とっくに死んだ白乾児の霊が、私に乗り移っているというんですかな」

「白乾児は、死んじゃいねえ」

沈痛なひびきの、ルパンの言葉だった。

「おれはあのとき、白乾児を殺したつもりでいた……そうじゃなかった。おれと戦っては兄があぶないと思ったのか……それともルパンぐらい自分があしらってみせると考えたのか……滝つぼで焼け死んだのは、男装した高梁だったのさ」

不二子も、銭形も、声もなくルパンの話に聞き入っている。

「だからこそ、あいつは死の間際、ふしぎな微笑を残した……兄さんを戦わせなくてよかった……あるいは、おごらないでルパン。あなたには、きっと兄が復讐するでしょう……」

ルパンは、あらためて三原に向き直った。

「もともとあんたのもうひとつの顔は、スター三原裕敏だった……暗黒街に君臨するには金がいる……その金を、あんたは表の顔である三原プロ社長としても、稼いでいた。おれが、白乾児を殺したと思ってるのを幸い、自分の第二の顔を消し、いかにも高梁がおれに復讐をたくらんでいるよう、見せかけた……軽井沢で、わざと不二子のカメラにおさまったのは、妹に化けたあんただね？」

「は……ははは！」

スター三原、社長三原、監督三原であったかれは、今あばかれた白乾児の顔にもどって、かすれた声で笑い飛ばした。

「よくやった、ルパン三世」

あまり簡単に正体をみとめたので、告発したルパンの方が、呆気に取られるほどだ。

「私がきみを好敵手と思ったのは、正しかった……おい！」

急に呼びかけられて、カメラマンたちはあわてた。

「は、はい」

「撮影の予定を変更する」

自信にみちた声は、監督三原のものだ。

「は……」

「ルパンと銭形の死闘シーンを中止。代わりに魔術師白乾児とルパンの決闘場面をクライマックスとして演出する！」

たちまち三原監督の頭上に閃光弾が上がった。

白昼というのに、その凄まじい光量は圧倒的な迫力であった。

「わっ」

全員が光に目を射抜かれて、そのまま動けなくなった。

低く忍び笑いが地べたを這いずる。いつの間にか白乾児は素顔の魔術師に還っていた。

「動けまい。驚愕・瞬間・強制・硬直・集団催眠だよ。マグナムも斬鉄剣もあったもんじゃない。ただし心筋だけはこの限りでないから、生きていられる。ついでにこれから起きる活劇場面を見られるよう、目玉の筋肉は解放しておくよ」

文句をつけようにも、全員の声帯がこわばったままだから、一帯は異様な静けさに包まれていた。

「そう、そう。ルパンだけはたっぷり動いてたっぷり逃げ回ってもらおう……はい、どうぞ」

白乾児の指が鳴ると同時に、自由を回復したルパンが踊りかかった。

「こ、この……ぎゃっ」

目に見えない壁に突き飛ばされて、あっけなくもんどり打ったルパンは、背後に聳《そび》える屏風のような崖際まで、サッカーボールみたいに転がってゆく。

「強化ガラスみたいなタネはない。これは私の精神エネルギーで作動する念動だ」

ふっと頬をゆがめる。

「こいつを使うと、強靭な私の生命力もみるみる蕩尽《とうじん》されてゆく。だが今日ばかりはそれを覚悟でおまえを叩き伏せる……無駄だというのに！」

跳ね起きて突進してきたルパンが、またもやはじき返された。

その頭に肩にばらばらと落ちてくる土。

「土？」

土ばかりか石まで降ってきた。

「石？」

ふり返ったルパンの口があんぐりと開いた。

その口に木の根が飛びこむ、枝がブッ刺さる、ひと抱えもありそうな岩まで崩れ落ちてきた。

「うわわわ、なんだなんだなんだ！」

背負っていた崖が、巨大な円盤状態にくぼんでいったのだ。

まるで目に見えない削岩機が、ルパンの背後を削り落としてゆくようだ。いや、削岩機なんて小物ではない。軽井沢に地下鉄を敷いたルパンだから知っている。これは——やがて導入されるであろう大深度地下が対象の、地底を円形に掘削前進してゆくシールド工法そっくりであった。

ただし目に見えないシールドマシン。

「わわわまままてちょっと待てわわわわわわわわわわわわわわ待て待てまままま待てててててて」

不可視の巨怪なミキサーの刃が、頭上を右を左を足元を、けしからんことに股間にまでひらめいて、ルパンはあっという間にぼろぼろのズタズタ、99・9パーセント裸に剥かれて逃げ回る。

物理的攻撃だけではなかった。白乾児が異妖なポーズを決めたと思うと、ぽっと白い霧がルパンの前で形をなした——それは兄そっくりな高粱であった。白乾児の思念極まるところ、亡き妹の死霊すら招じる事が可能とみえた。

「おいでよルパン、あたしとあそぼ」

「お誘い感謝するけど、ただいま取りこみ中なんで」

遠慮したつもりでいたのに、たちまち抱擁されてしまった。

「ち、ちべたいっ」

絶対零度かと思うほど、それは冷酷無惨な抱擁である。

「ヒーッ、ヒーッ、全身しも焼け！」

股間にアイスキャンデー（違うか）をくっつけて死霊の霧に追いまくられるルパンを、次元も五右ェ門も不二子も銭形も、どうしてやりようもない。ただ自由な目玉を動かして見つめるばかりだ。

ルパンは少しでも白乾児に迫ろうとするのだが、高梁の霊が取りついて、あとひと息というところで引き戻される。

仕方なくくぼんだ崖に沿って二次元的に逃げ回るのだが、このあたりでまず不二子が、続いて次元と五右ェ門が気がついていた。

（ルパン……ただ逃げているだけじゃないようだぞ……？）

だが圧倒的勝利に酔っている白乾児は、目くらましにかかっていた。

「これで最後だ！　妹の霊よ、ルパンに取りつけ、地獄に引きずりこめ」

ふたたび奇怪なポーズを取って、ありったけの念波をぶつける白乾児であった——。

そして素直な銭形は、エンドマークを打たれる宿敵を見かねて、ぎゅっと目を閉じようとしたのだが。

意外！

白乾児の思念は崖を背にしたルパンではなく、白乾児自身に跳ね返っていた。

発した念波はむろんのこと、高梁の死霊と共にある。

「お兄ちゃん！」

妹に抱きすくめられた白乾児は、半ば氷結しながら身をよじった。

「私じゃない、ルパンを！」

「どっちだっていいわ、ひとりで死ぬなんてイヤ、行きましょ、お兄ちゃん！」

シスコンだかブラコンだか知らないが、凍てついた白乾児と霧の高梁は、絡み合いくねり合い睦み合いしながら、岩頭から逆巻く波間に落ちていった。

同時に全員を縛っていた硬直が溶けた。

へなへなと崩れ落ちるスタッフをよそに、ルパン一党と銭形が荒波を覗きこみ、大きく息をついた。

「終わった……のか？」

いいながらも銭形は、まだ事情がのみこめない。

「さっきのどんでん返しは、ありゃなんだ？　白乾児の念波が崖に弾き返されたのか？　いくらきさまが主役でも、ちっとご都合主義だぞ、本官は作者に抗議する！」

息巻く警部の肩をたたいたルパンが、さっきまで逃げ惑っていた崖を指さした。

「あの形なんだかわかるかい、とっつあん」

「あ？」

いわれて目を眇《すが》めた。

「なんだ……中華鍋みたいにくぼんでいるな」

ルパンが失笑した。

「せめてパラボラくらいいってほしいね。あれを凹面鏡と思えば白乾児が立っていたのは、焦点の位置とわかるだろ。あいつの思念エネルギーが、光や音どうように波の形してるなら、反射して焦点にぶつかるはずだと思ったのさ」

胸をそらしたルパンの左右で、女の子ふたりの悲鳴が上がった。先ほどの映画スタッフである。

「いやらしーい！」

「チカンです！」

わっ。それでルパンも気がついた。

お、おれ、ヌードだった！

「おまわりさーん！」

左右から女の子に取りすがられて、銭形警部が張り切った。

「ルパン！　猥褻物チン列罪だ！」

「え、冤罪だ！」
逃げるルパン、追う銭形、そしてニヤニヤ眺めるルパン一党。
「いつもととっつあんの台詞が違う」と、次元。
「ルパンの奴、大した業物ではなさそうだ」と五右ェ門。
「見飽きた粗品ねえ」と、不二子。ついでに欠伸を一発。
ようやく平和が戻ってきたようである。

またしてもルパンからのご挨拶

これで、話はおしまいだ。

といっても、おれの冒険と浜の真砂《まさご》にかぎりはねえ。おっと、こいつは五右ェ門のご先祖さまの盗作だっけ。

小説はひとまず終わったが、モンキー・パンチのマンガはまだまだつづく。テレビのおれが、大暴れをつづけているのも、ご承知だろう。

ルパンファミリーのファイトは、きみたち読者、視聴者が声援を送ってくれるなら、永遠に燃えつきることはないんだ。

だから、この本が終わりになっても、おれはサヨナラなんかいわねえぞ。そんなセリフは、お互いがもっとおジンになってからで間に合うさ。

フランス語の「オウ・ルボワール」は、「また逢いましょう」の意味だからな。おっと、いけねえ。

「ルパン神妙にしろ！」

銭形のとっつあんの、耳タコの声が聞こえてきた。又ぞろ、忙しくなりそうだ。

ほんじゃま、読者諸君。

また逢おうぜ！　それまで達者でな……交通事故や地震や、もひとつ泥棒にご用心！

特別鼎談　モンキー・パンチ×おおすみ正秋×辻真先　『ルパン三世』を大いに語る

『ルパン三世』事始め

綿引勝美（以下、綿引）　本日は『ルパン三世』原作者のモンキー・パンチ先生、テレビアニメ『ルパン三世 PART1』の演出をされたおおすみ正秋先生、『小説 ルパン三世』のノベライズをされた辻真先先生をお招きしています。

それぞれに新しい分野を切り開いた御三方です。当時のマンガ、テレビアニメ、ミステリの状況をうかがっていければと思います。

モンキー先生と私は、光文社の「ポップコーン」誌に『シンデレラボーイ』というマンガを描いていただいたご縁があります。「ポップコーン」はアメリカのマーベル・コミックと提携したコミック情報誌でした。雑誌の仕様として、右開きで日本のマンガ作品を、左開きでマーベル・コミック作品を、同時に掲載するという異色のコミック誌でした。モンキー先生の作品をアメリカに売り込むことも視野に入れて、不慣れな左開きでの執筆をお願いしてご苦労をかけました。

辻先生はテレビアニメ草創期からシナリオを手掛けられ、現在はミステリ小説を中心にお書きになっています。私は取材等を通じて、長いお付き合いをさせていただいています。

おおすみ先生は、青年向けテレビアニメに果敢に挑戦されていらっしゃる。テレビアニメ『ルパン三世 PARTⅢ』のムック本などを手掛けたご縁もある私です。はからずも今日、お話をうかがえるのを、大変嬉しく思っております。

さて、モンキー先生、双葉社でのデビュー前に貸本マンガを何冊かお描きでしたね。たとえば『零ポイント』あるいは『死を予告する鍵』などの初期作品がありますね。

モンキー・パンチ（以下、モンキー）　仲間と同人活動をしていた頃、まだ20歳頃です。一番初めに貸本マンガで描いたのが『死を予告する鍵』でした。

原稿料は5千円。当時としては、まあまあでしたが、友人たち5人と飲みに行って、一晩でなくなりました。

綿引　ところでモンキー先生の本名は加藤一彦ですが、この本では「とう」の字が「東」になっています。先生が考えられたペンネームですか。

モンキー　うーん、僕がペンネームでつけたんだと思います。間違いありません。

「漫画アクション」で連載開始

綿引　こうした貸本マンガ等をお描きになりながら、双葉社で本格デビュー。やがて『ルパン三世』になっていきます。「週刊漫画アクション」の創刊予告号にも『ルパン三世』をお描きになっている。東京駅とか、新宿駅とか、ターミナル駅で無料で配布されたものです。これが本当に最初の「ルパン」ですね。

モンキー　そうです。ただこういう原画は、僕の手元にはまずないですから……。でも、よく持っていましたね、懐かしい。中身を見るとタイトルの『ルパン三世』の「三」が算用数字の「3」になっています。

綿引　連載初期は「3」でしたね。ところで、このリーフレットには「原作／モーリス・ルブラン」という文字が入っていますが……。

モンキー　編集部に「これ入れて大丈夫なのか」って聞きました。初めは本当にそう思ったんですね。そしたら「お前のマンガが、フランスまで行くと思うのか」と言うんです。確かにフランスに行くわけがない、と当時は思いました。要するに日本だけで通用する。「だから問題はない」という感じでしたね。

綿引　モンキー先生はルブランの大ファンで「アルセーヌ・ルパン」のシリーズをずっと読んでいたとお話しされていますが……。

モンキー　もちろん「アルセーヌ・ルパン」シリーズが好きで読んでいました。リーフレットの2、3ページは、今でもよく覚えている。もう無我夢中で描いたという感じですね。この頃は、まだ絵もコマ割りも慣れていません。まあ、今日のキャラクターに通じるものはありますがね……。

綿引　いよいよ「漫画アクション」が創刊される。最初のうちは、峰不二子のイメージも今と少し違っています。だんだんお色気たっぷりになっていきます。

モンキー　描き始めた頃は、ルパン三世のキャラクターのイメージが、あまり出来上がっていなかったわけですね。それなりに一生懸命描いていたもんですから……。だから、1週、2週、3週目辺りまではね、まだ彼のコスチュームやら何やらが、ほとんど決まっていなかったんですよ。その後、4週目、5週目くらいになって、マンガは黒と白だけの世界だってことに「はっ!」と気がついたのですね。そのきっかけが田河水泡先生の『のらくろ』だったんです。あの黒と白のコントラストをうまーくコスチュームで出して、『ルパン三世』のイメージが固まっていったんだなと思っています。『のらくろ』がなかったら、こういうヒントは出てこなかったかなあとも思います。

綿引　モンキー先生の苦心惨憺《さんたん》ぶりが目に見えるようです。こんな具合で始まった『ルパン三世』ですが、辻先生も、おおすみ先生も、連載の第1回目から、かなり興味を持ってお読みになられたという話をうかがっています。辻先生から一言いただけますか。

辻真先（以下、辻）　いやあ、すごいマンガが出てきたというのが、第一印象だったですね。僕、残念ながらそっちの方全く知らないのですが、アメリカン・コミックス的なイメージを感じました。だから、そういう意味では、日本で通用するのかよー、と心配していました。

ただ、僕自身としてはこういう世界は大好きだから、一番最初の本からずっと持っていました。

大人向けのアニメを目指す

綿引　おおすみ先生は最初からご覧になっていますか?
おおすみ正秋（以下、おおすみ）　当時の僕は商売としてのアニメの仕事がもう始まっていました。だから、ざっとマンガに関しては、目を通すようにしていたんです。まあ、雑誌の数も今よりも数が少なかったですから……。『ルパン三世』は、僕の周りでも評判になっていたのですが、ただ皆遠巻きに見ている感じでした。「我々のアニメっていう仕事とは無縁だろう」という感覚がありましたね。
　僕個人としては、ものすごく熱中したんだけども、「これをアニメにするなんて時代は、まず永遠に来ないだろう」と思わせるぐらい、まさに新しいマンガだったですね。
辻　そうでしたね。
おおすみ　モンキーさんの『ルパン三世』を、原作の味を生かしてアニメにしていくっていうのは、やっぱりプロデューサーのみならず、会社全体の相当な英断がないとできなかったと思いますね。

僕だけのある理由がありまして、大人向けのアニメ『ルパン三世』っていうのを、作らざるを得ないというところへ追い込まれていくんですよね。そして僕の個性というか、センスというか、このテレビアニメ化に際しては、そういう私がしたい事をやっています。その結果、視聴率が低迷した……。その責任を一気に僕が取るという形を内々の了承のもとで退きました。僕もそういうのがちょっと好きだったものですから、格好良くて……。

モンキー　ははは。

おおすみ　僕なりの美意識もあって、一度身を引く事になりましたが、実は多くの方々の思いもあったんです。モンキーさんの『ルパン三世』のテレビアニメ化は「大人向けのものでやるしかない」という事を、僕は最初に宣言しました。

それをプロデューサーをはじめ皆さんが「それでいいんだ」と言われる。この機会に「大人ものアニメの世界を開発しよう」ともね。もう現に、マンガの方は、どんどん大人向きに、どんどんなっていましたからね。

まあアニメも「これを機会にやっちゃおう」っていう事で、それで見事に失敗したという事です。

綿引　１９６３（昭和38）年に虫プロダクションの『鉄腕アトム』で国産のテレビアニメが始まりますけども、その同じ年に小島功先生原作の『仙人部落』が深夜枠で放映されています。この作品が短命に終わったことから、アニメは大人向きではないという意識が定着してしまう。

しかし、1968（昭和43）年に、辻先生もお手伝いされた『佐武と市捕物控』（原作／石ノ森章太郎）が放映されます。東映のベテラン監督、松田定次さんを監修に招いている。放映時間も21時から21時半まででした。ただし、残念ながら2クールのみで、それ以降は放映時間が19時台にもどってしまいます。

そんな事もあって「大人向けのアニメは不可能」という事が、すっかりテレビ局の方たちに浸透してしまいました。『ルパン三世』のオンエアは1971（昭和46）年ですが、その年の3月にはさいとう・たかを先生原作の『ゴルゴ13』が始まっている。これはアニメといっても、マンガ家さんが描いたゴルゴをカメラワークで動くように見せているものでした。

辻　そうでしたね。

『ルパン三世』営業企画書

綿引　その年の10月24日、満を持して『ルパン三世』がオンエアされる。いよいよ、おおすみ先生がご活躍されるわけですが、この作品を最初に目をつけたのは、杉井ギサブローさん。東京ムービーの藤岡豊さんに企画を持って行ったというお話をうかがっています。

おおすみ　そういう話になっておりますが、実は特定の人が『ルパン三世』に目を付けて企画を持ち込んだ、なんていうような状況ではなかったんです。皆が「アニメでこれをやったら面白いね」と口にしていました。そう言いながらも、その半面「これは、アニメにはならないよね」という事を皆が知っていたんです。

モンキー　うん、うん。

おおすみ　僕のところに話が来た時も、もう断るしかないと思っていました。だから、「100パーセント大人向きで、制作の途中から対象年齢を下げてというような話になるようだったら、私はやらない」と話しました。すると藤岡プロデューサーが「実は大人向きでやりたいんだよ」と言うんです。この藤岡豊という人。僕を東京ムービーに誘い込んだ人なんですよ。

僕は人形劇団の仕事をやっていましたから、アニメの仕事などとてもできる状況ではなかったんです。彼は「アルバイトで」と僕を誘いました。まあ、アルバイトならという事で参加しましたが、ほどなくして『ルパン三世』の話が出たんですよ。

モンキー　うん、うん。

おおすみ　このひとつ前に、断った作品があって、今度は引き受けないとならないなと思い、半信半疑だけど「じゃあ、大人もので進めますよ」という事で仕事をしました。ただ当時の風潮として大人向けといいますとね、マンガもそうですけども、さっき小島功さんの『仙人部落』の話が出ましたけれども、大人向けというと艶笑ものというか、ちょっと四畳半的しっとり感のあるものを言っていましたね。

モンキー　そう、そう。

おおすみ　そういう概念をねえ、皆が持っていたから、単純に『ルパン三世』を大人向けアニメでいくと言ったら、「ああ、あのお色気ものね」と受け取られかねない。売り込みの段階から慎重にやらなければならないと、画期的な企画書を作って「漫画アクション」の清水文人編集長のところへ話に行ったんですね。

綿引　アニメ化の話が来た時、モンキー先生はどんなお気持ちだったんですか？

モンキー　おおすみさんが「『ルパン三世』はアニメにならないよ」とおっしゃいましたが、僕も全くおんなじ考えでしたね。要するに、僕のマンガっていうのは、分かりにくい。途中で分からなくなったら、マンガだったら読み返せる。そういう作り方をしていましたから……。だから、これをドラマが流れっ放しで後戻り出来ないアニメにするのは大変な事ですよ。

　その時、プロデューサーの藤岡さんが僕に言うんです。「とにかく、パイロットフィルムを作るから、パイロットフィルムを作った段階で判断してくれ」と。それでもしばらく待っていたら、忘れた頃に藤岡さんから電話が掛かってきて、「パイロットフィルムが出来たから見てくれ」と言う。それを見ると、今までのアニメとは違っていたんですね。「さすがプロですね」って言って「ここまで作るんだったら、是非作ってください」っていう事で、お願いしたんですね。

綿引　アニメ化が難しいと言われていた『ルパン三世』。連載第1回目はカラーでしたが、確かにコマ割りとかね、セリフとかが斬新でした。艶笑ものではない青年マンガ。その意味では、テレビアニメ化は、かなり難しい選択だったように思います。

モンキー　そうですね。編集部からは、とにかく中学生以下は度外視しようと……。高校生以上に見せるマンガ、という編集部方針がありましたから……。お色気にしても、その方針に沿って描いたという事です。

綿引　そうですね。「漫画アクション」は、先行する「コミックMagazin」と少しニュアンスが違っていました。モンキー先生以外にも、石森（現・石ノ森）章太郎先生のSF『009ノ1』がある。劇画と違った軽めの作品、いわゆるコミックを狙っていた。

モンキー　編集部の狙いもありましたが、僕は「MAD」という雑誌に描いていたモート・ドラッカーが好きだったんです。1コマ1コマがユーモラスな感じがあって、その感じを『ルパン三世』で描けないかなと思っていました。まあ一種の実験的なもんですけどね……。まあ、『ルパン三世』は実験的にやってみたっていう感じですがね。編集部から「お前のマンガは評価されているよ」と言われてものすごく嬉しかったです。

綿引　ペンネームの由来ですが「漫画アクション」は横文字のペンネームの方が多い。モンキー先生以外にも、ミッキー・レッドさんがいましたね。

モンキー　僕のモンキー・パンチも「漫画アクション」の編集長、清水文人さんがつけたペンネームです。あの人、横文字のペンネームをつけるのが趣味みたいでしたね。

清水さんが言うんです。「お前の絵を見てみろ。これ加藤一彦っていう感じの絵じゃねえだろ」って……。「モンキー・パンチって感じの絵だろ」って言うんですよね。そんな、分かったような、分かんないような理屈を言われて……。

綿引　昔、私が清水さんにうかがった話によると、「漫画ストーリー」でしたっけ。そこに、お描きになった『銀座旋風児』のキャラクターが猿によく似ていたのでモンキー。パンチというのは、幕末に日本に渡ってきた、「The Japan Punch」から、当時の日本人はマンガをポンチ絵と言っていましたが、そのパンチ。合わせて「モンキー・パンチ」になったと……。

モンキー　多分そうだと思いますね。僕には説明してくれなかったですけど……。

僕は「嫌だ」と言ったんですが、「とにかく1年間だけ」という約束で『銀座旋風児』を描きました。そのうちに『ルパン三世』が始まりますが、その頃には後に引けなくなってしまった。だから、1年のつもりが、もう50年近く、このペンネームを使っているという……。

綿引　半世紀近くにも及ぶ『ルパン三世』。辻先生の『小説 ルパン三世』をはじめ、大勢の作家が参加して新展開する大きな広がりを見せている。そのきっかけとなったのが、やはりテレビアニメ化されたことが大きかったという事ですか。

モンキー　そういうことですね。

綿引　おおすみ先生は、『ルパン三世』のお仕事をされていた際に、ルパンの格好をして歩いたとか、ルパンの乗る車に乗っていらしたとうかがっています。

おおすみ　全部、伝説です。「自分たちはルパンのお洒落とは無縁だ」という自覚を持ってやっていましたから。

綿引　その洒落た面が全部、伝説となったんですね。

おおすみ　そう、そう。ちょっと話を戻しますが、さっきのモンキー・パンチの名前の由来ですが、まさに、モンキー・パンチという名前にぴったりのマンガだったっていう記憶があります。我々の間ではこれは外国人が描いているのではないかという声が上がりました。それにしては、日本の事をちょっと知りすぎているなあって……。日本で食い詰めた外国人が、日本人のふりして描いているんじゃないか、とかね。何とも、かまびすしかったです。

文章では行間と言いますけど、マンガの場合は、コマとコマの間の段間ですかね。そこには作家が描きたいけれど、描かずにおいたものがいっぱい見えるんですよ。何でもありに見える『ルパン三世』ですが、絶対にない事がひとつある。それは何かと言うと、日本文化特有の湿気で、それが全くないんです。

さっきの話に戻しますけども、大人ものアニメというと、急に四畳半ものになりそうなので、どうしても「そうじゃないんだ」と言いたかった。「じゃあ、何があるか」って言うと、この大人もの作品の世界で、今一番抱えている問題は、もう一歩外へ出ればあるんだと。それが非常にディープにしていた1960年代の半ばから後半にかけての、時代の流れでした。『ルパン三世』が「実はその時代と結びついた作品なんだ」という事を、分かってもらおうと営業企画書を作りました。

これ（ルパン三世企画書、1968年）は本来一般の方の目にふれるはずのないもので、飽くまでも営業用で、テレビ局、代理店、スポンサーに対して、「こういう番組買わなきゃ損ですよ」という事を訴えるために作ったもの……。これ、あと、字がよく見えませんけど。落書きの雰囲気を出したくて、書いては消したり……。もっと凝《こ》って、現場で、地面に落として、それを靴で踏んづけた跡を付けようって事を一生懸命やろうとしたんですけども、当時の印刷技術ではそれは大変な額がつくっていう事で、だめになりました。コピー機がない時代でしたから、全部、これ印刷所にまわして、活版で作るんですよね。「なんか画期的に違うものが出来そうだな」という期待感をあおろうという作戦でした。

綿引　局が読売テレビ、代理店が博報堂さんでした。その反応はいかがでしたか。

おおすみ　この営業企画が通って『ルパン三世』のアニメ作りが始まります。でも、この企画書でやりたいことを全部見せちゃったものだから、後には引けなくなってしまったんです。僕は内心、路線変更もありうると思ってましたが、子ども向けにしようという意見は一つもありませんでした。僕は児童劇出身ですから、プロデューサーが「子ども向きに作ったらお里が知れるよ」と嫌みを言ったりするぐらいでしたね。

綿引　子ども向けなら、おおすみさんは『ムーミン』（トーベ・ヤンソン原作）もやられている。子どもの心はよくご存じですよね。それを考えると、登用されたシナリオ作家は異色の顔ぶれでしたね。宮田清《きよし》さん、大和屋竺《あつし》さんの名を見ることができます。

おおすみ　アニメの一派ではない人という意図があったわけではないですよ。大和屋さんでいえば、日活のポルノを書いていたんですが、それがハードボイルドだったんです。このハードボイルドが『ルパン三世』に欲しい。そこで電話したところ、彼は『ルパン三世』の大ファンで、すぐに飛んできてくれました。彼を見てがっかりしたのが、もっと年の人かと思っていたら40歳ぐらい。僕は30代に入ったばかりでしたから……。

綿引　皆さん青春時代でいらして、青春そのものがアニメだったりマンガだったりしていたわけですね。

おおすみ　さっきモンキーさんの20歳の頃の話が出ましたが、改めてモンキーさんにも20歳の頃があったんですよね。当たり前ですが……。私らはまだ青春の匂いが残っていたところです。新宿駅を降りると、催涙ガスの匂いがして、涙をぼろぼろ出していた。「世の中、大きく変わっていくだろう」と期待をさせる、『ルパン三世』は、そういう時代を代弁していたと……。

何事にも時間がかかる

綿引　テレビアニメといえば、虫プロの『鉄腕アトム』が最初でしたが、辻先生は『エイトマン』のシナリオをお書きになり、ついで『鉄腕アトム』、『ジャングル大帝』のシナリオをお書きになる。

辻　はい、やりました。時代の風というと非常に格好いい言い方になってしまいます。僕は皆さんより一周り歳が上なので、テレビ時代、演劇時代を体験している。初めの頃は「テレビ」と言っても分からない。テレビジョンと言わなければダメなんですよ。ラジオ時代でした。ラジオの偉い人たちが銀座で飲んでいる。でも僕らテレビマンの仕事は終わらない。大晦日の除夜の鐘は、大道具を担ぎながら聞くという状況でした。

時代の風もへったくれもない。虫プロに行って初めて、いくらかそういうのが分かりました。面と向かって風にぶつかっていた人たちが、ようやくアニメを作る側に立った。でもやっぱり、何事にも時間がかかります。テレビというのも最初は皆バカにしていて、「こんなもの誰が見るか」と言っていた人たちが、やがてテレビを見るようになる。物語が出来上がるのには、時間がかかるわけですね。アニメもしかりです。こっちは年寄りですから、昔のマンガから今のテレビアニメまで俯瞰出来ますから、その変化はよく分かります。50年、100年のスパンで見ていき、自分が思った方へ少し世の中が動いていれば、それでよかったと思わなきゃいかんなっていう気がします。

綿引　皆さんのいろいろな思いを乗せてテレビアニメ『ルパン三世』がスタートします。おおすみ先生、その中で第2話「魔術師と呼ばれた男」、白乾児《パイカル》がルパンを翻弄《ほんろう》するエピソードに人気が集まっていますが……。

おおすみ　僕の中で「これが一番」と言ったことはありません。ただ、僕にとって特別な思い出があります。ディズニーのアニメは見終わった後で、キャラクターが独り歩きしないですね。僕の好きなヨーロッパ映画など、見終わった後であのキャラクターたちは、この先どう生きていくんだろうって空想する楽しさがある。僕は、これを「後を引く」と言っていたんですが、それを白乾児のお話でやってみようとした。志半ばで見事失敗しましたが……。

綿引　冒頭のところで白乾児をやっつけにくる連中は別にして、主要な登場人物はたった4人。その絞り込みは意図したものですか。

おおすみ　そうです。この当時の「悪《わる》の描き方」って、松本清張の社会派ミステリに象徴されるように暗いのが一番新しいタイプ。『水戸黄門』に出てくるような廻船問屋《かいせんどんや》と悪代官《あくだいかん》のように「お主も悪だなあ」とほくそ笑むような、そんな当たり前な描き方には絶対にしたくなかったんですよ。ルパンと白乾児は同じ距離で、やられる理由があって白乾児がやられるというように描きたかった。十分に成功したとは思いませんが、余韻を感じるという声もあったので、やってよかったと思っていますよ。

綿引　ルパンと白乾児は、峰不二子をめぐってもライバル関係にある。このエピソードでは、白乾児と不二子のラブシーンすらありますね。モンキー先生は、不二子を♀、白乾児を♂で、このラブシーンを描いています。

モンキー　あれはね、僕が病院でレントゲン撮影の助手をやっていた頃につけてたマークなんですよ。女性か男性かっちゅう区別のためですが、それをたまたまマンガの中に使っているというわけですね。

綿引　当時としては、この辺りの描写には微妙なところがあった。編集長なんかは、しばしばその筋に呼ばれてお叱りを受けてます。

モンキー　そうそう。まして、アニメでは出せないですものね。

おおすみ　その答えにはなりませんが、不二子って悪役に惚れるんですよ。ラブシーンを演じることはあまり描かれてないんですが、悪い奴と仲良かったことを匂わす原作は結構多いんです。それもあって、峰不二子が惚れる男を、悪の廻船問屋には出来ないんです。

アニメスタッフに掲げた三箇条

綿引　このお話では、ルパンのワルサーP38、次元大介のSWコンバット・マグナムなど、銃器類が実にリアルですが……。

おおすみ　この物語を具体化する際、スタッフに三つの項目を上げたんです。スタッフ用に企画書を書きました。コピーがなかったので描き写して配りましたが、そこに三つの項目が書かれている。一つは実証主義。銃器とか兵器、車などもリアルに描く。一つはカット割り。極端にクローズ・アップと引いたカットを、ポンポンと繋ぎ合わせる。今では当たり前ですけど、キャラクターのパフォーマンスを見せるにはフルショットが基本だとしました。ディズニーがほとんどそうです。だけど、日本のテレビアニメには、作画枚数の制限がある。それもあって、アップを思い切ってどんどん使って枚数制限に対抗する意味もあってやったんです。

その三つ目が、モンキーさんのキャラクターがシンメトリーになっていないことに目をつけた。ルパンの立ちポーズでも、片足重心で、片手をポケットに突っ込んでいる場面がある。表情なんかも片方でニヤッと笑っている顔が多く、これもシンメトリーではないんです。

これには『巨人の星』の作画に慣れた当時の作画陣に大いに努力してもらったわけで、モンキーさんの絵柄に合わせていきましたよ。

綿引　モンキー先生の描くキャラクターは、どこかアンバランスというと怒られますが……。「ルパン」のモデルはクリント・イーストウッドと何かでお話されていましたね。

モンキー　アンバランスというのは……いや、その通りです。意識してやっていますから。「ルパン」のモデルはいないです。イメージとしては、先に言った「のらくろ」。白と黒のコントラストで印象づけたかったんです。さっき、おおすみさんがお話になっていた小道具。僕の場合、小道具にしても何もかもね、皆リアルじゃないんですよ。「ルパン」の銃にしてもテレビアニメになってワルサーになりましたが、僕が描いたのはワルサーらしきもの。車にしてもベンツらしきものです。銃を研究して描いてはみましたが、時間がかかるんですね。一度ワルサーとして描くと、角度を変える度にワルサーじゃなければならなくなる。僕とアシスタント二名ぐらいでは、一週間で描いていくには時間が足らない。一週間で間に合う絵にしていたんですね。

綿引　今回、鼎談《ていだん》前の打ち合わせでは、次元大介のモデルの話が出ましたが……。

モンキー　次元だけは、はっきり意識して描きましたね。ジェームス・コバンです。『荒野の七人』に出てくる……。不二子は、強いてあげれば『ダルタニアン』に出ているメレディィっていう女性ですね。彼女に近づけて描いています。

綿引　ここで白乾児に話を戻します。辻先生は『小説 ルパン三世』で「ルパン」のノベライズの第1号をお書きになっていらっしゃいます。

辻　アニメのノベライズでは『佐武と市捕物控』。その後『どろろ』ですか。それから『ルパン三世』だったと思います。このノベライズでは、まず私自身が愛読してますから……モンキーさんのマンガを読んで、どこが面白かったかということを分解して、ここだったら、これとそれとを文章に置き換えていくということですね。だから、悔しいのは、それは絵にはかなわないですからねぇ。

モンキー　はははは。

辻　だから、絵の方のギャグは、文章のギャグ、活字のギャグみたいに置き換えざるを得ないですから。そういう事では、やはりインチキをやっていますが……。ただ、全体の構成では、しっかりモンキー調プラス辻調が出せたと思います。

ミステリ評論家に新保博久さんという人がいるんですが、この人が『小説 ルパン三世』を取り上げてくれています。「まず、こういうのは、ミステリの作家も、評論家も誰も読まねぇだろうけど、俺は読んだ。だから読め」と、ハードボイルドな批評をいただきました。ちゃんとした雑誌に書いてくれたんで、非常に嬉しかったことを覚えています。だから一部の識者には評判よかったんじゃないですか、この小説は（笑）。ま、実際問題として、非常に売れましたよ。

綿引　この本、カバー絵から本文中のイラストまで、モンキー先生の描き下ろしでしたよね。よく時間がありましたよね。

辻　描き下ろし……ですよね。

モンキー　そうですね、描き下ろしです。確かに僕の絵なんですけれどもね、あんまり記憶がないんですね……。頑張って描いたなと気がしますね。

辻　本当ですよね。だいぶ締め切り遅らせちゃった?

モンキー　いや、だから、あの……恐らくねえ、締め切り遅れていますね。
辻　すいません。
モンキー　あの……ところで、白乾児の話ですけれど、白乾児っていうのはね、中国のお酒の名前ですよね。
辻　ええ、そうですね。
モンキー　あれ、中華料理屋さんで初めて出された時、「パイカル」って読めなかったんですよ、この「白乾児」っていう字が……。
辻　なるほど。
モンキー　ただ、字の格好がものすごくいいんですよ。字面《じづら》がいいっていうんですかねえ。それで、「あれ、いいなあ」と思って。で、「これ、なんて読むの?」って、お店の人に聞いたら「パイカル」って教えられました。ああ、「これ、名前もいいね」っていうことでね。それで、使わせてもらったっていう感じですね。
あの頃の僕は、絶えずアンテナを張っていましたから、だからちょっと珍しいものがあると、もうそれをすぐ使っちゃうという。そういうのよくやっていましたね。
綿引　毎週、毎週16ページずつ描かなきゃいけない。大変な、作業量だったんですね。その中で、このイラストもお描きになって。
モンキー　そうですね。ひどい時になると、ひと月に何百枚と描いていましたからねえ。ええ。ですから、下描きなしで描いたこともありますし。もう、本当にしっちゃか、めっちゃかでしたね。
　ただ、物語を計算しつくして描いたものと、時間がなくて描きなぐりで描いたものと、どちらが読者の反応があるかというと、意外にも描きなぐりのほうが反応がいいんですよ。要するに、勢いがあるんでしょうね。計算して描いたものは、読者に見透かされちゃっているというか、あまり反応はよくなかったですね。だからマンガというのは、やっぱり勢いで描くものなんだと思いました。
綿引　タイトルの『ルパン三世』ですが、最初は「三世」ではなかったという話をうかがったことがあります。アルセーヌ・ルパンが活躍した時代から推測して、大体三代目くらいだろうということで「三世」になったとか……。
モンキー　そうです。なんとなく、三代目くらいがちょうどいいかなと……。あまり深い考えではなかったんですけどね。「三」という数字が、僕は割と好きだったもんですから。机や椅子なんかも足が四本あると、いずれかが短いとカタカタしちゃうんですね。足が三本のものは、長さが違ってもピチッと収まるっていうか……。ちょうどその頃に、奇数は縁起もいいという話を聞いていたんでね。それで「三」は奇数だし、いいかなと思ったんです。割とそんなに計算しないで、何気なくつけてしまったという感じですね。
綿引　マンガの人気はもちろんですが、やがてテレビアニメの人気も鰻《うなぎ》登りになって、アニメムックが刊行されています。その本には「アニメの作り方」なんて記事が載っていました。当時はそのくらいアニメは子ども向けと思われていて、高年齢層に浸透していなかったという一つの証左です。少年時代からアニメを追いかけていた私には「何を今更」という思いがありましたが。『ルパン三世』がアニメの印象を確実に変えたということですね。

モンキー　これだけ『ルパン三世』が、皆さんに注目されるようになったというのは、おおすみさんが演出された第1話「ルパンは燃えているか‥‥?!」の影響がかなり大きいんですよね。この作品から、アニメーションがヤング向けになったという、初めての作品だと思います。

説明不足は省略法

綿引　山崎忠昭さんのシナリオだと、冒頭の部分でスコーピオンの幹部がモニターの画面にルパンを映し出して「こいつがルパン三世だ。こいつを殺せ!」というようなシーンがありました。おおすみさんの演出では、その部分をカットし、突然レース場のシーンになります。

モンキー　そうそうそう。そうでした。

綿引　アニメの第1話というと、スタートでキャラクターの説明から入りますよね。

おおすみ　説明不足っていうことは、実は事前に計算していまして。企画の段階から、当時のアングラを含めて「時代」を背負った非常に現代的な表現を目指したんですよ。ある意味では下手な説明をやめて、説明不足なくらいギリギリでとんがった表現をするのが、その時代の表現の仕方だということを、盛んに強調していました。僕は作品を作る段階で、シナリオや絵コンテ、完成した作品も含めて実際にお見せして、クライアントや代理店、局の人たちと会議を持つようにしていたんですよ。とにかく忙しかったけれども……。その時の印象では皆さんに好評で、僕よりも代理店やクライアントの方たちが「いいですね！ 面白いですね！」って言ってくれました。「説明不足こそ、その当時の尖った表現の一つだ」みたいに、皆理解してくれたんですね。で、怖いことを言いますけども、視聴率が低いという話になってくると、全部それが理由になっちゃいます。

モンキー あははは。

辻 （うなずく）

おおすみ 「視聴率の低さは、説明不足が原因だろう」というように逆転してしまいます。説明をボンボン省いていくのも、あの当時の映像トレンディとしては、まあ、一番やりたかったことの一つだし、それなりの内輪的な指示は受けていたんですけどね。でも、やっぱり子どもの見る時間帯に、急に何の前触れもなく発表しちゃったから、出だしは視聴率が低かった。それはしょうがなかったんだろうと、今は思いますね。

綿引 突然レース場にルパンが現れて、整備している男に声をかける……。映画を見慣れている人たちにとってみれば、当たり前かもしれません。ただ、子どもたちにとっては、やっぱり説明不足だったのかもしれない。

おおすみ あの当時に子ども時代を過ごし、『ルパン三世』を見ていたという人の意見を最近ぽつぽつと聞けるようになりました。その説明不足な演出は、それなりに「面白かった」「想像がついた」と理解してくれていました。まあ子どもにも、そんなに無茶苦茶だとか、無理な演出だったという事ではないと思いますよ。

綿引　うん、映像に慣れている人たちは、割とすんなり受け止めていると思うんです。その辺、辻先生なんかホンをお書きになっていて、どのような感想をお持ちですか?

辻　ええ、完全に同感ですね。この演出は大人よりも子どもの方がずっとわかりますよ。当時の子どもたちは……いや子どもじゃなくて、今この会場にいらっしゃる人たちですが、生まれた時からもうテレビがあるわけですから……。だからテレビのディスプレイを通して、音と光を産湯《うぶゆ》代わりに使った人たちが、わからない訳がないんです。

私は小説版『Dr.スランプ アラレちゃん』を書いている時に、しみじみ思いました。当時山の手線の中で、中年の男性が大真面目な顔をしてマンガ雑誌を読んでいるのを目にしたんです。たぶん課長クラスの年齢だと思うんですが、何を読んでいるかと思ったら、鳥山明先生が「少年ジャンプ」で連載されていた『Dr.スランプ』でした。『Dr.スランプ』という作品は、そういう顔をして読むもんじゃないんですよ。あの面白さは、一発でわからなきゃいけない。それを、理屈なんかでねじ伏せようとしている。テレビアニメの『Dr.スランプ アラレちゃん』には大勢のファンがいたでしょうから、「何とか俺もわかろう」と涙ぐましい努力だったたんでしょうね。そういう人たちはいいんです。放っておけばいい。あと10年、20年も経てば、皆「代替わり」しますから。

モンキー　うーん。

辻　テレビ放送が始まった頃には、視聴者が……。いや「視聴者」って言ったら、あの頃は叱られました。当時はラジオのほうが偉いから、「聴視者」でしたね。「視聴者」なんて言ったら、ＮＨＫでは大騒ぎになったでしょう。局内の黒板に「本日の聴視者数は10万になった」と紹介された時には、皆万歳をしました。

それが、ついこの間みたいな気がしますが、今では各家庭にテレビがあるのが当たり前となりました。それくらい急テンポで、世の中って変っていくものなんです。新しい人が生まれる。そして古い人は死んでいく。ですから、人の好みもどんどん変わっていく訳ですよね。それを後押しするのが「時代の風」「時代の流れ」ということです。それを先読みしなければならないんですが、あまり先読みし過ぎると酷《ひど》い目にあいますけれども……。

一番手がいたから、二番手、三番手が生まれる。日本の場合は、柳の下の泥鰌《どじょう》の「二匹目」をつかまえる人ばかり。最初の一匹目となられた手塚先生は大冒険でした。でも、一匹目を摑む人がいたから、その後に来た人たちにとってプラスになるわけです。これは先陣を切る人にとって、逃れられない運命でしょうね。

僕は、この間の放送で見直したんですけどね、当時のおおすみさんの演出を、説明不足とも何とも思っていないんですよね。

モンキー・おおすみ　（大きくうなずく）

辻　説明不足と言われた部分がわかるんです。モンキーさんの『ルパン三世』が「アクション」に出た時からもう読んでるから。だから、「こっちが知っているからかなあ」と思ったんですけども……。それを差し引いても、映像に対する理解力があるか、ないかってことかもしれません。

私が『ジャングル大帝』第1話のシナリオを書いた時に、どうしても時間内に収まらないものですから、中間のコマーシャルを利用して話を「ポーン」と飛ばしたんです。時間経過、時空間の描写を飛ばしたわけですよね。黒澤明の『生きる』から学んだテクニックなんですけれども。あの映画の中盤では主演の志村喬が突然死んでいて、黒枠の遺影が映し出されるシーンが入ってくる。それまでの時間が「ポーン」と飛んでいるんですよね。

それと同じ事を『ジャングル大帝』でやったら、試写室でこの映像を見た大人たちは「フィルムのかけ違いだ」と騒ぎになりました。それで子どもたちはというと、コマーシャルの間に誕生したレオが、亡くなった父ライオン・パンジャの意志を継ぐドラマを、素直に受け止めてくれたんです。子どもたちは皆わかるんですね。大人たちは、それまで何十年も生きてきた経験に引きずられてしまう。会場にいらっしゃる若い人たちも、この先どうなるか……、これ以上文句をいうと、どこかで炎上すると困ります。

モンキー・おおすみ　ははははは。

綿引　私は秋田書店で編集者をしていた頃に、横山光輝先生の『バビル2世』の連載を起こしています。横山先生10年ぶりの週刊連載ということで人気が高まり、テレビアニメ化されています。しかし、このマンガの醍醐味は学生服姿のエスパーなんですが、視聴率低迷ということでお決まりのスーツスタイルに変えられてしまいます。当時は着ぐるみを使った特撮ものが大流行していて、決して番組自体の責任ではないんですがね……。どうも視聴率のせいにするのが、正義のように思われているようで、こんな不条理があってはアニメ企画も思うようにはいきませんね。

モンキー　難しいですねえ。僕が一生懸命に『ルパン三世』を描いていた頃は、携帯電話もコンピューターもなかったですし、ICカードの電車乗車券なんてものもなかったですね。これから、いったい何が出てくるか想像もつきませんね。今は3Dソフトで作画する事も当たり前となりました。これから3Dを超えた技術も出てくると思いますが、マンガもそれに合ったように進化するのかもしれません。

僕は今コンピューターでマンガを描いていますが、昔からのマンガの作り方、白い原稿用紙を前にして描いていく方法も忘れたくはないです。

辻　それがマンガの原点ですね。

モンキー　そういう思いがいっぱいですね。白い原稿用紙にペンでマンガを描いていきたい。それが物語を作る原点だと思います。新しいものに惑わされずに、昔からあるやり方にも目を向けてもらえれば、また違ったものが出来るのではないですかね。

おおすみ　先日も『ルパン三世』テレビ版のプロデューサーから「ツイッターに参加してくれ」って言われて、いろんなことを話しました。新しい方向性を模索していた以前と違って、僕がやっていた頃の『ルパン三世』をそのまま踏襲していきたいと言われました。

そんな話を聞いて、何か摑むものを見失っているような、少し違和感を覚えました。時代が変化してアニメの深夜時間帯が出来たので、当然のように大人向けという事を意識しなければならなくなってきているんでしょうけど……。旧版の『ルパン』のどこに、何を掴みたがっているかといったら、まず「お洒落っぽさ」と言うんです。お洒落なマンガ。それから、少しとんがった感じ。とんがったのは、先ほどのお話し通り「説明不足」とかの問題があるんですけども……。視聴率が低い時に、簡単な言葉として「説明不足」っていう言葉を使ってしまいますが、実は「説明不足」というのは、あってはいけないんです。下手くそなカットのやる事なんですよ。一方で、「説明不足」というのは、逆に表現のレベルでどうなるかというと、「省略」ということでもあります。「省略」っていうのは、意外性に繋がってくれる訳ですよね。

モンキー うん、そうですね。

おおすみ 「省略」したからこそ、次に「ポンッ」と出てくるものが意外に感じるわけです。先ほど、辻先生はそのことをおっしゃっていたと思うんですが。そういう表現を全部やったつもりです。

ただ、今ここで言えることとは、その「お洒落」とか「とんがっている」という表現理論だけではなくてね……。あの時代は「時代の空気」というものを踏まえてやろうとした訳ですよ。それで、今はそれがないと思うんです。単なる表現として、お洒落でとんがったものを作ろうとしても、ちょっと難しいと思う。『ルパン』が今まで生き延びてきているという事は、やっぱりあの当時のしらけた世代の「しらけ」っていう空気が、まだ未だに40年経っても残っている訳なんです。

モンキー　ふふふふふ。

おおすみ　その延長線上に、孤独がある。若い人の孤独が、今ではもっと厳しくなっている。いろいろな事が行き詰まっていて、明日が見えない不安を皆が抱えている訳ですから……。そういった現代の空気を摑み直して、プラスしていく『ルパン三世』があっていいと思います。この主題は、まだ古典の殿堂に入れちゃうのはちょっと早いんじゃないかなと、僕は思いますね。

一同　(笑)

綿引　本日は、貴重なお話をありがとうございました。

モンキー・パンチ　1937年北海道生まれ。本名／加藤一彦。高校卒業後の1957年に上京。ペンネームを“加東一彦”とし、貸本雑誌「零」に1年ほど執筆。1965年4コマ漫画『プレイボーイ入門』を発表してデビュー。1966年“モンキー・パンチ”名義で「漫画ストーリー」に『銀座旋風児』を発表。1967年「週刊漫画アクション」創刊号から『ルパン三世』を連載。以後、『ルパン小僧』『コミック千夜一夜物語』などを発表。2010年5月より、東京工科大学メディア学部客員教授に就任。2015年、東京アニメアワードフェスティバルのアニメ功労賞を受賞。2016年、北海道新聞文化賞を受賞。2019年逝去。

おおすみ正秋　1934年芦屋市生まれ。劇作家、演出家。人形芸術座、劇団飛行船を創立。東京ムービー（現TMS）に招かれ『ルパン三世』『ムーミン』他数多くのテレビアニメ作品を監督。モンキー・パンチを誘い東京工科大学で講師をしつつ大学院でメディア学修了。慶應義塾大学特別講師として『ルパン三世』などテレビアニメ史を講義、海外からの留学生に向けた慣れないオンライン授業に苦闘中。

辻 真先　1932年愛知県生まれ。日本のアニメ・特撮脚本家、ミステリ作家、マンガ原作者。日本アニメ界を黎明期から支える。テレビアニメ脚本の代表作として、『ジャングル大帝』『鉄腕アトム』『巨人の星』『オバケのQ太郎』『一休さん』『デビルマン』『ゲゲゲの鬼太郎』『サザエさん』『のらくろ』『バビル2世』『魔法使いサリー』『天才バカボン』『ひみつのアッコちゃん』他。マンガ原作も数多く、横山光輝、松本零士、石川賢らとコンビを組む。モンキー・パンチとは『小説 ルパン三世』（双葉社）でノベライズを担当。『ルパン三世 PART6』では脚本を執筆している。

綿引勝美　1946年、東京都生まれ。編集者・執筆者。1969年、秋田書店に入社。『バビル2世』を企画した他、手塚治虫、石ノ森章太郎、藤子・F・不二雄、藤子不二雄Ⓐ、赤塚不二夫、鈴木伸一、永井豪らと交流。1980年、メモリーバンクを創設。現在まで、マンガやアニメをテーマにした企画・編集・執筆活動を行っている。

＊本鼎談は2015年6月21日、江東区森下文化センター（田河水泡・のらくろ館）公開講座『「ルパン三世」とその世界』より収録したものです。

協力／公益財団法人江東区文化コミュニティ財団
江東区森下センター
講師／モンキー・パンチ、おおすみ正秋、辻 真先
聞き手／綿引勝美

あとがき

又お会いしましょう

辻 真先

「又お会いしましょう」

寒中お見舞いのハガキ（冷水をぶっかけられる自画像）に、肉筆で書き添えてある。それがモンキーさんにもらった最後の言葉だった。

このとき、ぼくたちの手紙の交換はスレ違いを演じた。拙作『焼跡の二十面相』（光文社）のラストシーンは、戦時中在欧していた明智小五郎を大怪盗アルセーヌ・ルパンが日本へ送り届ける挿話だ。＊1『黄金仮面』事件でルパンの恋人だった不二子が大鳥家から勘当され、乳母の家に入籍して苗字も峰と代わり、下町に住んでいた。そのため三月十日の東京大空襲で焼死して、ルパンを痛嘆させる。無念の思いは孫ルパン三世にまで伝わって、今なお彼はミネフジコの名が忘れられないのだ。

作者（ぼく）がこんな妄説を唱えたところ、ツイッターでありがたくも賛成の声を頂戴した。（書いた本人が正面きってネタバレしてます）

大胆というより乱暴なぼくの説に、原作者（モンキーさん）がお墨付きを与えてくれたら幸いと、自分勝手な手紙を添えて拙作をお送りしたのが、２０１９年の春であった。

ちゃんと読んでくれたかな、ワハハ、ソレデモイイヨといってくれるかな、ソンナノダメダヨと叱られるかな。おっかなびっくりで待っていたぼくのもとへ、モンキーさんの訃報が届いたときは、仰天した。

残念きわまりない。ぼくよりかなりお若かったはずなのに。またひとり、マンガ原作を書いていたころの知人を失ってしまった。

最初にお目にかかったのは、いつであったろう。

はっきり覚えているのは、新宿（たぶん）のバーのとまり木にならんだモンキーさんとぼくが、「漫画アクション」（双葉社）の清水文人編集長（当時）に叱られたときだ。清水さんは後の双葉社の社長だが、当時は敏腕のマンガ編集者で、モンキーさんの名付け親でもあった。ぼくは「アクション」の兄弟誌「漫画ストーリー」で横山光輝さん作画による『戦国獅子伝』連載をはじめたばかりだ。第一回はまあまあの出来ながら、二回目がヒドかった。自覚症状があるのでおとなしく首をちぢめていた。モンキーさんの叱られた理由は記憶にない。

だがいずれにせよ、並んでお目玉を食った仲間ということで、おかしな親近感を抱いたものだ。ひょっとしたら、モンキーさんもそんな気分があったかも知れない。そのとき諸星大二郎さんも同席していたが、彼は叱られなかった（うらやましい）。

「アクション」のころ、モンキーさんと仕事の上でも交流があった。短期集中連載で『ムッシュ甲賀』という原作を書き下ろしている。フランス帰りのニンジャの話で、長さが半端だったためか単行本にも収録されていない。たしかギャグ中心のアクションものに仕立てたはずだ。

今でも覚えているのは、敵に追われて逃走中のムッシュがエレベーターに飛び乗ると、なぜかそのケージは垂直に動かず水平に移動したので、おなじフロアの隣のエレベーターに出てしまう、というナンセンスな場面があった。

「なんだってこんなことになるんだ」

ふつうの人なら面食らうのに、モンキーさんは面白がって、横長のコマを積み重ねて描いてくれた。

だいたいナンセンスギャグに理由を求められては困るのだが、根が真面目な日本人にはギャグのセンスに乏しい人が多いので、ぼくみたいなドタバタ愛好者とはどうも話が噛み合わない。そのことを痛感したのは、ＮＨＫテレビで演出者を務めたころだ。感覚のスレ違いはぼくだけの嘆きかと思ったが、益田喜頓主演のテレビ企画で岡本喜八監督にお目にかかったときこぼされた。

「オレの作る映画ってさ、東宝の上層部にはワカランといわれるんだよ」

ああ、そうなのか。すでに一家をなした岡本監督作品でさえそうなのか。

「このギャグのどこが面白いのか説明してくれ」といわれたこともあったけれど、ぼくのボキャブラリーでは不可能だったし、仮に解説つきで納得出来たところで、改めて笑いなおせるはずもない。

そんな体験を重ねたので、『ルパン三世』の連載が「漫画アクション」で開始されたときは、目を見開かされた。

エッこんな都会的なナンセンス活劇が、マンガ誌では歓迎されるのか。

受け入れる側の映像感覚は、映画観客やテレビ視聴者より、マンガ読者が一歩先んじていたに違いない。

そうした読者層の嗜好を肌で感じていたモンキー作品だけに個性強烈で、長いマンガ家生活にもかかわらず原作つきはそれほど多くない。そのモンキーさんに原作者として関わることが出来たのは、ありがたい思い出となった。

前記したようにモンキーさん個人とは、割に早くからおつきあいしている。手元に1985年に双葉社から刊行された『愛蔵版　ルパン三世』（大判で箱入りの美本だ）があるが、巻末の解説を、ぼくは小松左京さん、小野耕世さんの驥尾《きび》に付して書かせてもらっていた。おかげで当時は『ルパン三世』が、「ハレンチな革命児」だの「ヌーベルコミック」だのとコピーに書かれたことを思い出した。そう、ハレンチやヌーベルという言葉が、華々しく流通していたあの時代だ。

ぼくが最初で最後のゲームノベル（クリックひとつで電子的に楽しむゲームだが、その昔はページをめくりながら手動？　でゲームする活字形式が存在した）『妖法記』を書いたとき、モンキーさんがカバーの装画をひき受けてくれた。忍法とも魔法ともつかぬ妖術が跋扈《ばっこ》するゲームの世界に、まことふさわしいモンキーさんであった。

そんな具合に交流の歴史は長いけれど、やはりあのころのぼくが懸命になったのは、『ルパン三世』の小説版（つまりこの本）を依頼されたときだ。

最近はマンガの小説版なんて掃いて捨てるほどだが（ごめん）、そのころは寥々《りょうりょう》たるものだった。小説家になるつもりはなかったぼくだが、同年配の物書きと比べればマンガをよく読んでいた。まだ一般の書店にマンガ本が置かれない時代（戦後四半世紀を経過するまで、マンガ本は書籍と認めて貰えなかった）だが、『ルパン三世』は連載誌の増刊という形で書店にあり、松本零士さんの『セクサロイド』や小島剛夕さんの『おぼろ十忍帖』などと共に、ぼくの書棚に並んでいた。ぼく自身のマンガ原作は質量ともに貧しかったが、それでも「漫画アクション」増刊をまるまる一冊もらって、上村一夫・松本零士・牧美也子たちお歴々の原作を書いたこともあり、双葉社の編集部には連日出入りしていた。

あいつなら小器用だから纏《まと》めるだろうと見込まれたに違いない。とにかくノベライゼーションの注文を頂戴した。

すでに*2『どろろ』『佐武と市捕物控』『銀河鉄道999』などの小説版を書いていて、ノベライズは営業品目のひとつであったから、喜んでお引受けした。

小説に本腰を入れる日はまだ遠く、アニメ脚本がぼくの主戦場であったものの、ボツボツ活字で話を編む面白さに目覚めていた。題材がニューウェイブのマンガなのだから、ふつうに筋を追うだけだけでは芸がない（正直いってぼくの文章力で『ルパン三世』の弾けた魅力は伝えきれない）ので、ご覧の通りよくいえば遊び心に満ちた、わるくいえば放埒《ほうらつ》な誌面を構成した。

ぼくは、推理作家協会賞を頂戴した『アリスの国の殺人』でも、この手のタイポグラフィを試している。ふつうの小説で悪戯心《いたずらごころ》を発揮してはまともな読者に叱られるだろうが、もとネタが『ルパン三世』ならいいでしょうと、好き勝手に遊ばせてもらった。

結果がこの本になったわけだ（もし読んで面白がったとすれば、あなたはまともな読者ではないかもね）。

最初に上梓したとき、まったくといっていいほど評判にならなかった。そもそも本書が書店に並んだところを見たのは皆無であった（威張るとこじゃないけど）。店舗によっては、並べる書棚がなくて困ったようだ。表紙はどう見ても漫画なのに、中をチラ見すれば小説である。

「こんな本、どこへ置けばいいんだよ！」

ノベライズという概念が市民権を得ていなかったから、読者も書店員もさぞ面食らったことだろう。ただし数年後に他社の文庫で出たときは、自分でも呆れるほどよく売れた。モンキーさんもぼくもなにひとつ新たに手を加えていないのに、だ。テレビには視聴率という化け物が徘徊しているが、出版界の謎も深いことがよくわかった。こういう明日を担保にする出世本にこそ本屋大賞を授けてほしいのだが、まだそんな賞はなかった。

だがまあ、終わりよければすべてよし、である。最終的には売れたのだから（お前が威張るな）。出来はともかくとして『ルパン三世』の小説版が、業界に少しでも前向きの刺激になったのならとても嬉しい。今回の復刊はそれに加えて、亡き原作者への手向けの花でもあってほしいと、心から願っている。

モンキーさんは、いつも前進の姿勢を崩さなかった。最初にデジタルマンガに挑戦した作家でもある。本格的にコンピューターの勉強をしたいと、年齢に関わりなく大学へ進んだほどだ。

そういう人だから、いつも若者に目をそそいでいたのだと思う。放送作家協会に依頼されて、ぼくが六本木で「マンガ原作・アニメ脚本教室」をはじめると、喜んで講師を務めてくれた。教室の枠をハミ出して生徒たちといっしょに呑んでくれた。新宿の「北の酒場」であった。

ご縁を重ねたモンキーさんで、『ルパン三世』であったのに、映画化の企画がスタートしたとき、ぼくはものの見事に失敗した。まだテレビアニメの見通しがたたないころ、何人かのライターと雁行《がんこう》して東宝に提出する劇場版のシナリオを書いたのだ。結果は全員が梨の礫《つぶて》に終わったらしく、当分ルパンの映像化は立ち消えたままになった。その後テレビアニメの企画が実現したとき、ぼくはおなじ東京ムービーの『アタックNO．1』で汗をかいていた。ムービーの藤岡豊社長（当時）は、SFが天下の大勢であったアニメ業界に、『巨人の星』『オバケのQ太郎』と野心作をもちこんだ、果敢なチャレンジャーである。『アタック』もその一環として、はじめての少女マンガ原作、はじめてのバレーボール・アニメで、ホンも演出も振り回されていた。

そのスタジオへ『ルパン三世』のパイロット・フィルムを引っ提げて、大塚康生さんが現れたのが、昨日のことのような気がする。アニメはすばらしい出来ばえであった。ただしぼくは、すでに劇場版がオクラになっていたし、『アタック』で手一杯でもあって、あえてテレビアニメの『ルパン』にシナリオを売り込もうとしなかった。藤岡社長や、おおすみ監督ともめたわけでもないのに、怠慢だったツケとして『ルパン三世』に疎遠となったのが悔やまれる。

　大倉崇裕さんシリーズ構成のPART6で、ぼくがはじめて『ルパン三世』の脚本に参加するとツイッターに書いたら、

「前に書いてると思っていた」

　と疑問を投げられたが、こんな経緯があってぼくは正真正銘アニメ『ルパン三世』処女なのだ。だがひょっとすると、ぼくが書いた劇場版を読んだ藤岡さんあたりが、

「あ、この男はダメ。書かせない方がいい」

　とでも断をくだしたんじゃないか。そんな気がしないでもない。僻《ひが》んでいうのではない。実際ダメ脚本だった。先ごろ機会があってTMS（トムス・エンタテインメント。東京ムービーの後身）で自分のシナリオを読み直す機会があったが、つくづくめげた。なんという代物を書いたかと、半世紀前の自分に生卵をぶつけてやりたい。

　決して手抜きをしたわけではない。自分では絵になるギャグを連ねて、まあまあマシなものを書いたつもりでいたから、救いようがない。明らかに原作『ルパン三世』の器の大きさを見誤っていた。

　それまで自分が創ってきた既成作にひきずられて、いつかどこかで見てきたコントを数珠繋《じゅずつな》ぎして、見た目はにぎやかだが底の浅い、既視感ありまくりな笑いのベタ塗り

が、ぼくの『ルパン三世』であった。

つんのめることを恐れず、ひたむきに前傾の姿勢でペンを走らせたのが、モンキーさんだと前に書いた。

とすればぼくが纏めた『ルパン』のシナリオは、あまりに原作者から乖離《かいり》している。これは違うと、ムービー側で判断したとすれば、情けないが賢明な判断でしたと答える他なかった。

年をとるにつれ、誤魔化すテクの引き出しは増えるが、ものを創る感覚は次第に鈍くなってくる。目や耳のセンサーが経年劣化するように、研いだり磨いたり出来る対象ではないものの、モンキーさんを見習いたい。こんなふうに五十年後で後悔することがないために、残る日々をつんのめってブッ倒れるまで歩こうと思うのです。

＊1 『黄金仮面』＝江戸川乱歩による長編推理小説。大鳥不二子というヒロインが登場する。
＊2 『どろろ』は手塚治虫原作、『佐武と市捕物控』は石ノ森章太郎原作、『銀河鉄道999』は松本零士原作によるマンガ作品。いずれの作品も、辻真先の手でノベライズされている。

本作品は一九八〇年一月、小社より新書本刊行されました。

文庫化にあたり加筆・修正しています。

本作品はフィクションであり、実在する人物・団体・事件等とは関係がありません。また一部に、今日では不適切と取られかねない箇所がありますが、作者の意図はもとより差別を助長するものではありません。（編集部）

双葉文庫

つ-01-09

ルパン三世《さんせい》　小説版《しょうせつばん》〈新装版〉

2022年4月17日　第1刷発行

【原作】
モンキー・パンチ
【著者】
辻真先《つじまさき》

【企画・編集】
メモリーバンク株式会社
【発行者】
島野浩二
【発行所】
株式会社双葉社
〒162-8540 東京都新宿区東五軒町3番28号
［電話］03-5261-4818(営業部)　03-5261-4851(編集部)
www.futabasha.co.jp（双葉社の書籍・コミックが買えます）
【印刷所】
大日本印刷株式会社
【製本所】
大日本印刷株式会社
【カバー印刷】
株式会社久栄社

【フォーマット・デザイン】
日下潤一

本書の 72 ～ 73 ページは空白となっておりますが、これは作者の演出上の意図によるものであり、印刷・製本のミスなどではございません。
「ルパン三世 小説版」はフィクションです。実在する団体・人物・出来事とは関係ありません。

ISBN978-4-575-52557-1 C0193
Printed in Japan